Uwe Goeritz

Westwärts auf Drachenbooten

Bibliografische Information der Deutschen Nationalbibliothek:

Die Deutsche Nationalbibliothek verzeichnet diese Publikation in der Deutschen Nationalbibliografie; detaillierte bibliografische Daten sind im Internet über http://dnb.dnb.de abrufbar.

Coverbild: Uwe Goeritz

Herstellung und Verlag: BoD – Books on Demand, Norderstedt

ISBN: 978-3-7460-7871-7

Inhaltsverzeichnis

Westwärts auf Drachenbooten

Unmittelbar nach dem Ende der Sachsenkriege Karls des Großen brach mit den Nordmännern eine neue Gefahr über die Sachsen herein. Unsere Ansichten und Vorstellungen von den Wikingern sind durch die Kirchen geprägt, die diese Seefahrer überfielen und beraubten. Nicht alle von ihnen waren so wilde Kerle, wie es uns die Geschichtsschreibung erzählen wollte.

In den Zeiten nach 800 überfielen die, meist jungen, Männer die Küsten des umliegenden Meeres und plünderten alles, was sie bekommen konnten. Gold, Menschen, Güter des täglichen Lebens. Alles was sie mit ihren Schiffen transportieren konnten. Ihre Frauen und Kinder blieben dabei in ihren nördlichen Ländern zurück.

Diese Geschichte handelt von zwei geraubten sächsischen Kindern, die in der Fremde unter den Nordmännern versuchten zu überleben. Können sich die Beiden anpassen oder werden sie im Dunkel der Geschichte verschlungen werden? Werden sie jemals ihre Heimat wieder sehen?

Die handelnden Figuren sind zu großen Teilen frei erfunden, aber die historischen Bezüge sind durch archäologische Ausgrabungen, Sagen und Überlieferungen belegt

1. Kapitel

Das Dorf an der Bucht

Der Junge stand am Bug des Schiffes und schaute auf die silbern glänzenden, zappelnden Fische. Gerade eben hatte er das Netz zusammen mit dem Vater an Bord gezogen. Er war jetzt acht Sommer alt und zum ersten Mal mit hinaus gefahren. Der Vater schlug ihm anerkennend auf die Schulter, so dass er ein Stück zusammen sackte. „So viele Fische hatten wir schon lange nicht mehr in einem Netz. Du bringst uns Glück." sagte der Mann und die anderen Männer lachten.

Noch ein paar Mal warfen sie das Netz aus und immer mehr Fisch füllte die große Kiste in der Mitte des Bootes. Schon bald war kein Platz mehr und sie fuhren wieder zurück zum Land. Wie der Vater die richtige Richtung einschlagen konnte, wusste der Junge nicht. Er stand am Bug und ringsum war nur Wasser. „Hans." rief der Vater und der Junge drehte sich um. Der Mann winkte ihn zu sich und als Hans am Heck war, drückte ihm der Vater das Ruder in die Hand.

„Immer der Sonne entgegen. Sie bringt uns heim." sagte der Mann und strich sich mit der Hand über den Bart. Die anderen Männer verpackten vor ihnen die Netze. Sie waren zu fünft hier auf dem Fischerboot. Vier Männer und Hans, der sich schon wie ein richtiger Mann fühlte, das Ruder fest in der kleinen Hand. „Aber die Sonne wandert doch. Wie können wir da die Richtung halten?" fragte der Junge und sein Vater nickte. „Das hast du gut beobachtet. Wir fahren nach Sonne, Wind und Wellen. Im Moment ist die Sonne, von hier aus gesehen, direkt über unserem Dorf. Man braucht das richtige Gefühl für das Meer." antwortete der erfahrene Fischer und ließ seinen Blick über das Wasser gleiten.

Wenig später war in der Ferne ein dunkler Streifen zu sehen. Der Vater griff in das Ruder und korrigierte etwas, dann rief er ein paar kurze Kommandos und die anderen Männer zogen das Segel ein Stück anders, damit der Wind besser hinein greifen konnte. Das schwer beladene Boot reagierte träge und brauchte ein paar Augenblicke, bevor es in die neue Richtung zog. Hans musste sich gegen das Ruder stemmen, um nicht zur Seite gedrückt zu werden. Wieder lachte der Vater, als er das sah. „Du wirst ein guter Seemann werden." sagte er und übernahm wieder das Ruder.

Hans ging nach vorn und sah über das Meer. Schon bald konnte er die Bucht mit der Flussmündung erkennen. Dahinter stand das Dorf, das wusste er. Die Mutter würde sicher schon auf ihn warten. Noch nie war er so lange von ihr getrennt gewesen. Aber das musste man wohl über sich ergehen lassen, auf dem Weg zum Mann und an diesem Tage hatte der Junge den ersten Schritt dorthin getan. Die Möwen kreischten über dem Boot. Sie hatten den silbernen Fisch gesehen und wollten sich auf den Fang stürzen, um einen Teil davon zu fressen. Doch die Männer verscheuchten die Vögel, die daraufhin laut schimpfend immer weitere Runden um den Mast drehten. Vielleicht war ja einer der Männer kurz abgelenkt und sie konnten ihre Chance nutzen.

Der Junge schaute wieder nach vorn. Der Steg, der direkt vor seinem Heimatdorf in die See hinein gebaut war, war schon zu sehen. Die Fischerboote brauchten ihn nicht, nur die Handelsboote legten dort an. Sie waren größer und holten den Fisch, den sie hinter den Hütten auf Gerüsten in der Sonne trockneten. Hans sah am Rande des Stegs eine Person sitzen. Noch konnte er nicht erkennen, wer es war, aber ein paar Augenblicke später sah er das wehende Haar. Das musste seine Schwester Mara sein. Nur sie trug im Dorf ihr langes Haar offen. Die blonde Mähne war nur schwer zu bändigen, aber Zöpfe, so wie sie die anderen Frauen und Mädchen im Dorf trugen, wollte sie sich nicht flechten. Sie war doppelt so alt wie Hans, fast sechzehn Jahre, und nur die beiden Geschwister waren von den vielen Kindern ihrer Eltern übrig. Alle anderen waren jung gestorben.

Zwei sind übrig, sechs waren gestorben. So war es fast in allen Familien hier im Dorf. Hans winkte der Schwester zu. Schon kurz danach zogen die Männer das Boot auf den Strand und der Junge sprang herab. „Ich musste heute alle deine Aufgaben mit übernehmen. Morgen fütterst du die Schweine wieder." begrüßte ihn die Schwester mit einem trotzigen Gesichtsausdruck. Sie schob sich eine Haarsträhne aus dem Gesicht und sah den vielen Fisch. Im Gedanken dachte sie sicher schon an die Arbeit, die gleich beginnen würde. Fische ausnehmen und zum Trocknen aufhängen. Ein paar davon würden sie bestimmt noch am Abend über dem Feuer in der Hütte braten. Mit einem Haarband zog sie kurz die Mähne am Hinterkopf zusammen.

Die Frauen und Mädchen aus den Häusern der vier Männer versammelten sich am Boot und nun ging es flott von der Hand. Auch bei ihnen saß jeder Handgriff. Mara hatte in ihrem Leben bestimmt schon ein paar tausend Fische ausgenommen. Solange sie sich zurückerinnern konnte, gab es jeden Abend Fisch und vorher viel Arbeit damit. Der silbern glänzende Fisch hatte dem Dorf einen kleinen Wohlstand gebracht, aber auch viel Arbeit. Sie zog das Messer, das sie immer am Gürtel trug und stellte sich zusammen mit den anderen Frauen an die flache Kiste mit dem Fisch.

Die Fischer warfen ihn von der einen Seite hinein und die Frauen nahmen ihn auf der anderen Seite heraus. Die Arbeit war schon lange Routine. Obwohl sie mit dem scharfen Messer arbeitete, schaute sie nicht hin, genauso wenig, wie es die anderen Frauen machten. Sie unterhielten sich, lachten oder sangen Lieder. So ging die Arbeit viel schneller voran und der Berg der Fische nahm langsam ab. Dafür wurde der Haufen an ausgenommenen Fischen hinter ihnen immer größer. Nachdem die Fischer den letzten Fisch vom Boot in die Kiste geworfen hatten, begannen sie den fertig ausgenommenen Fisch auf die Trockengerüste zu legen. Maras Arme schmerzten, als sie den letzten Fisch aus der Kiste nahm. Diesen würde es zum Abendessen geben. Zusammen mit der Mutter, die drei weitere Fische mit sich trug, ging sie zu dem kleinen Haus zurück.

Die Dämmerung begann schon auf sie herab zu fallen. Die Männer kippten die Abfälle der Fische und die Innereien in ein paar Eimer, die sie dann vom Steg aus in das Meer kippten. Die Möwen freuten sich, dass sie nun doch noch zu ihrem Recht kamen und mit einem lauten Geschrei stritten sie sich um die reichliche Beute. Hans fielen fast die Augen zu, als er wenig später am Tisch saß.

2. Kapitel

Ein Überfall

Es war ein Tag wie jeder andere auch an der Flussmündung. Der Vater war schon vor Beginn der Morgendämmerung mit dem Boot und den anderen Männer auf die See hinaus gefahren, so wie er am Tag zuvor mit Hans unterwegs gewesen war. Der Junge brannte schon darauf, ein zweites Mal mit dem Vater zu fahren. Es war ein heißer Frühlingstag und der Junge saß mit den Füßen im Wasser auf dem kleinen Steg. Er hatte schon die Schweine gefüttert und nun ließ er sich einfach die Sonne in das Gesicht scheinen, bis er mit seinen Arbeiten weiter machen musste. Aber er hatte noch ein paar Augenblicke der Ruhe. Er stützte sich zurück und blinzelte in den Sonnenschein. Mit zusammen gekniffenen Augen konnte er bunte Farben sehen. Wolken zogen über ihn hinweg, die immer wieder die Sonne kurz verdeckten.

Ein Spiel von Licht und Schatten zeichneten Sonne und Wolken auf dem Wasser des Flusses. Hans hörte Schritte hinter sich, er spürte, wie jemand den Steg betrat und er drehte den Kopf. Der Junge sah Mara, seine Schwester, zu ihm herüber kommen, die einen leeren Eimer dabei hatte. Vermutlich wollte sie Wischwasser aus der See holen, um den Stall damit zu säubern. Zusammen mit der Mutter hatte sie vor ein paar Augenblicken noch die Kühe gemolken, doch auch sie fand, dass es ein viel zu schöner Tag war, als dass man ihn nur mit Arbeit vergeuden sollte. Sie stellte den Eimer ab, stieg aus ihren Schuhen und setzte sich neben ihren Bruder. Mit hochgezogenem Rock ließ sie nun ebenfalls die Füße in das lauwarme Wasser hängen. Kein Wort fiel, beide lauschten nur den Wellen und den Möwen.

Stumm saßen sie schon eine ganze Weile so da, und es hätte für die beiden Kindern noch ewig so weiter gehen können, als von der

Hütte her die Mutter wenig später nach Mara rief. Eher widerwillig stand sie auf, kniete sich auf das Holz des Stegs und füllte den Eimer mit Wasser. Schnell zog sie die Schuhe über die noch feuchten Füße und schleppte den schweren Holzeimer zur Hütte zurück. Hans sah ihr nach und bemerkte, wie sie beim Gehen immer wieder einen Schwapp Wasser verlor. Zum Glück war es nicht sehr weit, sonst wäre der Eimer sicher leer gewesen, bevor sie am Stall angekommen wäre.

Eine Ruhe lag über dem Dorf, die fast schon unheimlich war. Nur ab und zu war eines der Tiere aus den Ställen des Dorfes zu hören. Hans schaute wieder auf die See hinaus. Wie ein Spiegel sah das Wasser aus. Nur vereinzelt war eine Welle zu sehen, die langsam auf das Ufer zu rollte. Plötzlich frischte der Wind auf und die Möwen, die bis gerade eben noch mit dem Jungen zusammen auf dem Steg gesessen hatten, erhoben sich kreischend in die Luft. Größere Wellen kamen auf das Land zugelaufen und brachen sich unter dem Steg an den Holzbalken.

Hans stand auf und wollte gerade zurück zum Haus gehen, als er am Horizont ein kleines Segel sah. Wenig später sah er ein zweites und dann ein drittes. Kamen die Fischer schon wieder zurück? Dann hatten sie sicher einen guten Fang gemacht. Der Junge stand am Ende des Stegs und schaute auf die sich nähernden Boote. Noch waren sie nicht richtig zu erkennen, nur die braune Farbe des Stoffes und die fast viereckige Form der straff gespannten Segel konnte er sehen.

Sehr schnell kamen die Boote näher, viel zu schnell für schwer beladene Fischerboote. War der Wind dort draußen so viel stärker, als hier an Land, so dass er die Boote noch zusätzlich beschleunigte? Oder waren es vielleicht Händler? Aber warum dann mit drei Booten? Nun konnte der Junge die schmalen Bootskörper sehen. Das waren keine Handels- oder Fischerboote. Der Schrecken der Meere flog auf das kleine Dorf zu. „Seeräuber!" schrie er so laut er konnte, er drehte sich um und lief los. Er hatte den Steg noch nicht verlassen, da schoss neben ihm das erste Boot vorbei. Ein Drachenkopf sah von oben herab auf das fliehende Kind. Mit einem knirschenden Geräusch setzte das Boot auf dem Sand auf. Bärtige Männer sprangen Axt schwingend in das Wasser zu beiden Seiten des Bootes.

Hans hatte nur ein paar Schritte Vorsprung und schon erhielt er einen Schlag in den Rücken. Er flog ein ganzes Stück durch die Luft und stürzte dann zu Boden. Neben sich sah er die Füße der Männer. Es mochten etwa dreißig Krieger sein. Alle hatten lange dunklen Jacken an, die mit Gürteln zusammen gehalten wurden, helle Hosen und schwere Schuhe trugen sie. Ein paar trugen runde Schilde und einer einen Helm. Die meisten hatten große Äxte in den Händen, die sie drohend über ihrem Kopf schwangen, ein paar auch lange Schwerter.

Die Männer verteilten sich vom Steg aus, neben dem ihre Boote lagen, über das ganze Dorf und stürmten in die Hütten. Unter den Axtschlägen zersplitterten die hastig, nach dem Schrei des Jungen, verschlossenen Türen. Auch in das Haus von Hans, das nur einen Steinwurf vor seiner Nase stand, stürmten drei Männer hinein. Der Junge hörte die Mutter und Mara vor Angst schreien. Er sah, wie Mara wenig später nackt aus der Hütte rannte, gefolgt von einem Mann, der sie niederschlug und das sich heftig wehrende Mädchen an den langen Haaren zurück zu Hütte schleppte. So wie es vorher in dem Dorf still gewesen war, so schrien nun die Frauen vor Angst, Schmerz oder Entsetzen rings um den Jungen. Nichts konnte der Junge tun, er blieb einfach so liegen. Es war, als hätten Arme und Beine versagt und er konnte sich nicht mehr bewegen.

Gelähmt vom Schreck sah er zu, wie einer der Männer eine Fackel auf das Dach des Nachbarhauses warf. Das Knistern des strohgedeckten Hauses riss ihn aus seiner Lethargie. Die ersten Männer kamen aus den Hütten zurück und trugen ihre Beute zu den Booten. Der eine oder andere hatte eine, sich heftig wehrende, Frau auf der Schulter. Auch Mara wurde an Hans vorbei gezerrt und in eines der Boote geworfen. Einer der Männer ergriff Hans, der immer noch im Sand lag und warf ihn recht unsanft in das gleiche Boot wie Mara. Mit einem Schmerzenslaut knallte der Junge auf die Holzplanken, auf die ihn der Mann geschleudert hatte.

Für einen Moment wurde es schwarz um ihn herum und der Lärm verstummte.

3. Kapitel

Das Drachenboot

Das Schaukeln brachte den Jungen zurück in die Gegenwart des Tages. Er lag mit blutender Nase und einer Beule am Kopf im hinteren Teil des Bootes. Nur ein paar Schritte entfernt, im vorderen Teil, sah er Mara sitzen, die sich in eine alte Decke gewickelt hatte. Zwischen den beiden Geschwistern waren zehn Männer damit beschäftigt, das Segel in den Wind zu ziehen. Wie lange mochte der Überfall gedauert haben? Nicht sehr lange. Am längsten davon hatte sicher das Verladen der Beute gedauert. Wie lange lag er schon so da? Wahrscheinlich nur kurz! Nun gehorchten seine Arme und Beine wieder. Sollte er aus dem Boot springen? Was würde dann aus Mara? Und waren sie schon auf See?

Vorsichtig stand der Junge auf und hielt sich den Kopf mit der Hand. Die Beule tat weh, wenn er sie berührte. Hinter ihm stand einer der Männer am Ruder und gab ihm sofort wieder einen Schlag in den Rücken, so wie vor kurzen am Strand. Hans fiel nach vorn, konnte aber im Fallen noch sehen, wie der Steg hinter dem Boot verschwand. Nun lag er wieder unten und rollte sich zur Bordwand, um nicht von den Männern getreten zu werden, die in dem Boot hin und her liefen und bei ihrer Tätigkeit keine Rücksicht auf den Jungen nehmen konnten.

Alle, bis auf den Mann am Heck, setzten sich an die Ruder und trieben das Schiff noch viel schneller auf die See hinaus. Durch die Brandung wurde das Schiff durchgerüttelt. Hans drehte seinen Kopf nach vorn. Er sah Mara, die die alte Decke fest um ihren Körper zog, so als ob sie ein Schutzschild war. Er sah in ihre Augen und der Blick des Mädchens war leer. Jegliches Leben schien daraus gewichen zu sein. Ein nacktes, blutverschmiertes Bein schaute unter der Decke hervor und Mara presste sich in die Spitze am Bug, soweit sie nur konnte. Fast als wolle sie mit dem Holz des Bootes verschmelzen. Sie und Hans waren die einzigen Dorfbewohner hier an Bord. Die fremden Männer und ein paar Säcke mit Beute waren noch zwischen ihnen.

Der Junge schaute in die Gesichter der Ruderer. Die kurzen Bärte ließen trotzdem nur wenig von den Gesichtern frei. Wettergegerbt und braun sahen die Männer aus. Fast so wie der Vater, aber so sah man vermutlich immer aus, wenn man viel auf dem Wasser unterwegs war. Die Haare hatten sie zu Zöpfen gebunden. Das Schaukeln des Bootes wurde heftiger und der Wind drückte nun viel stärker in das Segel hinein. Die Männer zogen die Ruder ein und legten sie zur Seite. Von nun an würde sie der Wind vorantreiben. Einige holten aus der Beute Schläuche mit Wein, die sie von Mann zu Mann reichten.

Hans schlich sich nach vorn zu seiner Schwester, doch die reagierte gar nicht auf ihn. Wie gebannt lag ihr Blick auf den Männern, die dem Wein reichlich zusprachen. Schon bald begann der erste von ihnen ein Lied zu singen. Mit einer krächzenden Stimme, in einer für den Jungen unbekannten Sprache. Nach und nach stimmten alle an Bord ein. Hans lauschte auf die fremden Töne und dachte daran, was wohl mit ihnen beiden geschehen würde. War die Mutter auch geraubt worden? Vielleicht auf einem der anderen beiden Boote?

Er rüttelte Mara an der Schulter und versuchte sie aus ihrer Unbeweglichkeit heraus zu holen, doch die Schwester reagierte kaum. Die Decke rutschte ein Stück von der Schulter und Hans sah, dass sie darunter immer noch nackt war. Schnell zog er die Decke wieder hoch. Einer der Männer bemerkte ihn und zog ihn am Arm nach hinten. Direkt neben dem Mann am Heck band er ihn fest, so dass er nur noch nach hinten schauen konnte.

Ein kleiner schwarzer Strich war hinter dem Boot zu sehen. Das Land war schon sehr weit weg und entfernte sich sehr schnell. Die Männer hinter dem Jungen begannen ein neues Lied zu singen und auch von den beiden anderen Booten, die fast gleichauf fuhren, wehte der Gesang herüber. Hinter ihnen stand die Sonne am höchsten Punkt und leuchtete in das Boot hinein. Hans musste die Augen schließen, um nicht von ihr geblendet zu werden.

In seinem Boot hörte er einen beginnenden Streit, aber er verstand nichts von den Worten und den Kopf konnte er auch nicht drehen, um zu sehen, was da wohl hinter ihm passierte. Immer lauter wurde es. Offensichtlich waren zwei der Männer miteinander in Streit geraten, denn er konnte zwei Stimmen hören, die stritten. Die anderen lachten oder sangen. Vielleicht stritten sich die Männer um die Beute.

Hans hörte seine Schwester schreien und der Mann, der vor ihm am Ruder stand, schrie nach vorn. Augenblicklich war Ruhe auf dem Boot. Nur das Wimmern von Mara war zu hören. Dann war Stille. Der Mann am Heck war anscheinend der Anführer der Gruppe. Hans schaute ihn sich an. Ein roter, langer Bart, der aber offensichtlich gut gepflegt war, verdeckte die untere Hälfte vom Gesicht des Mannes. Seine Hand umschloss das Ruder und die Adern traten an seinem Arm deutlich hervor. Der stechende Blick seiner Augen fixierte einen Punkt neben Hans weit vor dem Boot.

Von Zeit zu Zeit warf er einen Blick auf das Segel oder die See. Dann rief er irgendetwas und die Männer liefen umher. Das konnte Hans nur hören, sehen konnte er nur den Mann, keine zwei Armlängen vor sich. Der Junge war so fest verschnürt, dass er sich kaum bewegen konnte. Das Schaukeln des Bootes machte ihn schläfrig und so begann er im Stehen zu schlafen.

18

Es war dunkel ringsum, als er wieder erwachte. Nicht mal der Mond war zu sehen. Das Segel knarrte direkt hinter Hans und er wunderte sich, dass die Männer auch nachts fuhren. Er hätte im Moment noch nicht mal seine Hand vor Augen sehen können. Als der Mond aufging fiel ein silberner Schein in das Boot. Hans sah den Mann immer noch vor sich stehen, so wie er gestanden hatte als der Junge vor vielen Stunden eingeschlafen war. Vor seinen Füßen lag ein Bündel und er musste zwei Mal hinschauen, um zu erkennen, dass es die in die Decke eingeschnürte Schwester war. Nur Kopf und Füße schauten heraus.

4. Kapitel

Eine lange Überfahrt

Einen Tag schon waren sie unterwegs. Wie Bündel verschnürt waren die beiden Geschwister im hinteren Teil des Bootes untergebracht. Hans aufrecht an die Bordwand gebunden und Mara zu seinen Füßen quer liegend. Ab und zu kam einer der Männer und gab ihnen etwas zu trinken oder zu essen. Mara hatte sich von dem Schrecken der Entführung erholt und sah zu dem Mann am Heck. Nur den Kopf konnte sie bewegen.

Leise rief der Junge ihren Namen, musste aber aufpassen, weil er immer von einem der Männer geschubst wurde. Vermutlich nur zufällig stieß ihn irgendeiner in den Rücken. „Wie geht es dir?" fragte Hans leise und Mara schaute von unten zu ihm herauf. „Jetzt besser. Wo sind wir?" Hans schaute sich um, aber er konnte immer noch nur nach hinten schauen. „Mitten auf dem Meer." war seine Antwort. Sicher war es Absicht, dass er nicht nach vorn, zum Ziel ihrer Reise, sehen konnte. Und genau so war es sicher Absicht, dass er aufrecht stehen konnte, während die Schwester zusammen geschürt wie ein Paket am Boden lag.

Über sich sah Hans eine dunkle Wolke und auch der Mann vor ihm hatte sie gesehen. Sein Gesicht verfinsterte sich und er rief ein paar Befehle zu seinen Männern. Immer dunkler wurde es und immer unruhiger wurde die See. Er stand gerade so, dass sein Gesicht über der Bordwand heraus schaute. Die Wellen bekamen weiße Ränder und die Gischt der sich am Boot brechenden Wellen klatschte ihm ins Gesicht. Mitten am Tage wurde es finster und der Mann am Ruder band sich jetzt so fest, wie auch Hans verschnürt vor ihm stand.

Immer fester griff der Wind in das Boot. Durch das Segel gezogen schoss das kleine Boot nur so dahin. Fast konnte man denken, es fliege über die Wellen. Der Steuermann hatte alle Mühe, das Ruder fest zu halten, aber seine Mannschaft wusste, was zu tun war. Vermutlich saß jeder Griff, aber das konnte der Junge nicht sehen, nur die gebrüllten Anweisungen und die zurück gebrüllten Bestätigungen hörte er. Der Wind wurde zu einem Sturm und zuckende Blitze durchleuchteten die Dunkelheit. Hans hatte das Gefühl, als ob der Mann am Ruder jede seiner Bewegungen beobachtete. Sie standen so nah, dass der Mann ihn hätte mit der Hand streifen können und Hans versuchte keine Angst zu zeigen. Mit gespielter Gelassenheit nahm er alles hin. Er hätte ja sowieso nichts machen können.

Immer mehr wurde das Boot durchgerüttelt. Mara wurde hin und her geworfen, obwohl sie fest verschnürt war. Das Mädchen weinte, was Hans durch das Heulen des Windes hindurch hören konnte. Warum waren sie eigentlich noch so verschnürt? Hier draußen hätten sie doch sowieso nirgendwo hin gekonnt. Höchstens noch über Bord springen, aber so weit weg vom Ufer? Sie würden ertrinken. Doch vielleicht waren sie genau deshalb so verpackt. Sie waren jetzt irgendjemandes Eigentum und so wurden sie auch behandelt. Wie eine Ware. Eingepackt. Verschnürt!

Eine unendlich lange Zeit war schon Sturm und der ging in das Dunkel der Nacht über. Der Mond war nun zwischen den Wolken zu sehen, die über dem Schiff dahin jagten. Erst mitten in der Nacht begann der Wind abzuflauen. Mara hatte sich vor ihm mehrmals übergeben müssen, Hans ging es soweit gut. Nun zog das Boot langsamer dahin. Der Mann direkt vor dem Jungen band sich vom Ruder ab. Er zog ein langes, spitzes Messer und trat einen Schritt vor.

Die Klinge war auf das Herz des Jungen gerichtet. Dann zog er das Messer in einer schnellen Bewegung nach unten, schnitt Hans die Fesseln durch und zeigte auf Mara. Mit einem Lappen musste der Junge das Boot säubern und danach seine Schwester, die verpackt blieb. Er aber blieb frei und setzte sich neben sie. Er zog sie zu sich, damit er ihren Kopf auf seinen Schoß legen konnte. So schliefen sie beide erschöpft wieder ein und erwachten erst, als es um sie schon wieder hell war.

Einer der Männer gab Hans zu essen und zu trinken und der fütterte erst mal seine Schwester. Als er einen Schluck nahm stellte er fest, dass es sehr starker Wein war. Das Getränk stieg ihm in den Kopf, da es aber das einzige war, was er zu trinken bekam, musste er den Wein weiter trinken. Auch Mara stieg der Wein in den Kopf und ihr wurde wieder schlecht. Wieder musste Hans das Schiff säubern und dann seine Schwester. Das Ganze mit ziemlich unsicheren Bewegungen. Aber es gab kein Trinkwasser mehr an Bord, nur den Wein.

Eine Welle hatte den Deckel vom Trinkwasserfass gelöst und so den Vorrat verdorben. Wie Hans bei einem Blick in das Behältnis am Bug feststellte. Auch hatten sie eines der Begleitboote im Sturm verloren. Ob es gesunken, oder nur abgetrieben, war, konnte der Junge nicht sagen, vermutlich konnte es niemand an Bord sagen, aber er konnte die Männer ja sowieso nicht verstehen.

Nun stand er am Bug und schaute zu dem grimmig aussehenden Drachenkopf hinauf, der sich über ihm befand. Nur Wasser lag vor ihm. Nicht ein Streifen Land war zu sehen und doch musste das Ufer ganz in der Nähe sein. Ein paar Möwen kreisten um das Boot und mit ihrem Kreischen vermischte sich ein Schrei seiner Schwester. Hans fuhr herum und sah wie einer der Männer sich mit einem Messer über sie beugte. Der Mann strich durch ihre Haare und sie warf den Kopf hin und her, das war so ziemlich das einzige, was sie machen konnte.

Hans hielt den Atem an, als sich das Messer der Kehle seiner Schwester näherte. Der Stahl glitt durch die Decke und die Stricke. Der Mann zog in einer Bewegung vom Hals bis zu den Füßen einen Schnitt. Nun war auch Mara frei. Als sie aufstand fiel die Decke in zwei Hälften herunter und sie versuchte mit beiden Händen ihre Blöße zu bedecken. Einer der Männer drückte Hans einen Eimer und einen Lappen in die Hände. Dann zeigte er auf Mara. Vermutlich sollte Hans die Schwester nun gänzlich sauber machen.

Er nahm das verdorbene Wasser aus dem Trinkwasserfass und ging damit zu Mara. Er begann ihr den Rücken zu waschen, dann hielt er den Lappen der Schwester hin, die ihm diesen abnahm. Ihm war es peinlich Mara zu waschen, doch einer der Männer riss Mara das Stoffstück aus der Hand und warf es Hans wieder zu. Nun musste er auch die Vorderseite der Schwester waschen, unter johlenden Zurufen der Männer, die das wohl lustig fanden. Mara hatte eine Wunde über dem Knie, von der ein Teil des Blutes stammte, das Hans gesehen hatte. Weiter oben am Bein war noch etwas mehr geronnenes Blut zu sehen, doch sie legte ihre Hand auf die seine, als er dieses abwaschen wollte. Daher führte er den Lappen zu der Wunde am Knie und als er diese mit dem Tuch berührte zuckte die Schwester vor Schmerz zusammen. Endlich war er fertig. Mara griff sich den Lappen und säuberte vorsichtig ihren Schoß. Er sah ihr schmerzverzogenes Gesicht, als sie sich dort berührt hatte. Dann hockte sie sich vor den Eimer und begann sich darin die Haare zu waschen. Nun war es ihr völlig egal, dass die Männer sie nackt sahen.

Mara stand auf und schaute sich nach etwas zum Anziehen um, aber da war nichts. Nur die zerschnittene Decke. Sie versuchte diese irgendwie um ihren Körper zu legen, doch es passte nicht. Der Mann am Heck nahm ihr die eine Hälfte ab, faltete sie und schnitt ein Loch hinein. Dann warf er die Decke über ihren Kopf und zog sie nach unten. Ein Umhang was so entstanden, der an der Seite offen war und gerade mal ihren Oberkörper und den Hintern bedeckte. Mit einem Strick um die Hüften zog sie den Umhang zusammen.

Nun drückte der Mann ihr den Eimer in die Hand und zeigte auf Hans. Widerwillig streifte Hans seine Sachen ab und ließ sich von der Schwester waschen, aber Widerspruch wäre zwecklos gewesen. Nun waren beide sauber und es waren auch viel mehr Möwen geworden.

5. Kapitel

Dunkler Fjord

ie Luft roch mit einem Male anders. War es, weil er jetzt sauber war? Oder näherten sie sich der Küste? Mara hockte sich mit ihrem Umhang hin und umklammerte mit den Armen die nackten Knie. Hans stand neben ihr und hielt die Nase in die Luft. Es roch nach Rauch, aber er konnte noch nichts sehen. Rings um das Boot war noch alles flach und blau. Dieses kleine Boot war im Moment seine ganze Welt. Zwölf Schritte lang und drei breit mit seiner Schwester und zehn fremden Männern.

Immer noch war derselbe Mann am Heck und stand am Ruder. Auch er hatte die Nase im Wind und schaute sich um. Mit ihm wurden auch die Männer unruhig. Einige begannen ihre Bärte zu kämmen, andere wuschen sich mit dem Eimer. Eine Stimmung von Ankunft lag in der Luft. Etwas später war an der rechten Seite eine dunkle Linie zu sehen, an der sie entlang segelten, während sie immer breiter wurde.

Schon bald konnte man einzelne Berge erkennen, die aus der Küstenlinie heraus ragten. Sie vereinigten sich zu einer Gebirgskette die Himmelhoch da lag. Wie ein gewaltiger Drachen. Schwarz und zackig. Immer weiter nach Norden fuhren sie und plötzlich öffnete sich ein Durchbruch, wie die Bucht mit dem Fluss bei Hans zuhause. Das Schiff fuhr hinein und folgte dem Gewässer. Ringsum stiegen die Berge zu beiden Seiten des Flusses fast senkrecht nach oben an. Ein kleiner Wasserfall war zu hören, noch bevor Hans ihn sehen konnte.

Mara war aufgestanden und schaute mit ihrem Bruder auf die Felsen, die zum Greifen nah schienen. Hier unten kam man sich so winzig vor und Hans versuchte den oberen Rand der Klippen zu sehen. Er legte den Kopf ins Genick, aber die tief hängenden Wolken gaben die Bergspitzen nicht frei. Es wurde immer dunkler, die Sonne konnte nicht bis zu ihnen herunter scheinen. Weit hinter ihnen fuhr das zweite Schiff gerade ebenfalls in den Fluss hinein und Hans konnte an diesem Boot erst wirklich die Größe der Berge erkennen.

Die Gegend schien vollkommen menschenleer und doch musste es ja hier Menschen geben. Sie würden ja sonst sicher nicht hier hinein gefahren sein, wenn es hier nichts zu holen geben würde. Waren die Männer hier zu Hause? Oder lag hier ein weiteres lohnendes Ziel ihrer Raubzüge? Der Himmel über ihnen wurde dunkler und vor sich sah Hans ein paar Hütten. Einige Menschen standen am Ufer und winkten zu den Booten herüber. Ganz offensichtlich waren die Männer hier zuhause, denn einige von ihnen winkten zurück.

Das Segel wurde eingeholt und der Schub, den das Schiff noch hatte, reichte aus, um langsam bis zum Steg zu gleiten. Das was der Junge bisher als Beginn eines Flusses gedeutet hatte, stellte sich nun als eine langgezogene Bucht dar. Hier ging es gar nichts weiter, nur noch etwas flaches Land blieb hinter dem Wasser, aber es war gar nicht viel. Mit einem kleinen Stoß stoppte das Boot. Seile wurden nach draußen geworfen und fest gemacht. Die ersten der Männer sprangen nach außen und griffen sich Teile der Beute. Der Mann am Heck fesselte Hans und Mara die Hände auf dem Rücken zusammen. Er hob erst Hans und dann die Schwester über die Bordwand, setzte sie auf die Bretter des Stegs und sprang dann, mit einem Sack von der Beute, ebenfalls auf den Steg. Er nahm den Strick und legte ihn so, dass er um die Hälse der beiden Kinder nach vorn lief, wo er sie halten konnte. Am Strick zog er sie danach hinter sich her.

Hans konnte viele Menschen sehen und er wurde einfach weiter gezerrt. Wenn er stehen blieb, so zog sich die Schlinge um seinen Hals fest. Ein paar große Hütten sah er und hinter dem Dorf dieselben steilen aufragenden Felsen. Unmittelbar oberhalb der Anlegebrücke stand eine hölzerne Figur. Sie stellte einen Mann dar, der auf die Bucht hinaus schaute. Die untergehende Sonne schien der Figur genau in das Gesicht und färbte sie rot ein. Dahinter begann eine kleine Wiese mit ein paar Ziegen, die dort weideten. Es war gar nicht viel Platz hier zum Leben und erst recht gar keine Möglichkeit zur Flucht. Die Fesseln waren vollkommen unnötig. Nur der Weg über das Wasser war möglich. Der Mann zog sie immer weiter hinter sich her, zu einer etwas größeren Behausung, etwas oberhalb der anderen Häuser. Er öffnete einen kleinen Schuppen neben der Hütte, löste die Fesseln der beiden Kinder und schob zuerst Hans und dann Mara hinein.

Hinter den beiden fiel das Tor zu und sie standen in einem halbdunklen Raum. Eine Art von Stall, vermutlich der der Ziegen, die sie auf der Wiese gesehen hatten, aber er war leer. Das war nun ihre neue Unterkunft und es roch auch nach Ziege darin. Mara suchte etwas trockenes Stroh und schichtete es am Rande der Hütte auf. Dort sitzend warteten die Beiden, was nun weiter passieren würde. Endlich schliefen sie im Stroh ein. Ein knarrendes Geräusch riss die beiden Kinder aber schon bald wieder aus dem Schlaf. Die Tür zum Stall wurde aufgerissen und vier Gefangene aus ihrem Dorf wurden eher unsanft in den Stall geworfen. Nicht so, wie bei Mara und Hans, sondern wirklich geworfen.

Mara erkannte ein paar ihrer Freundinnen und diese begannen sofort, nachdem die Tür geschlossen war, zu reden. Alle waren in Maras Alter, fünfzehn, sechzehn oder siebzehn. Drei Mädchen und ein Junge. Hans war das jüngste der geraubten Kinder und auch diese vier hatten das andere Boot nach dem Sturm nicht mehr gesehen. Aber so wie es aussah, raubten die Seeräuber nur Kinder und junger Erwachsene. Die Wahrscheinlichkeit, dass sich die Mutter von Hans und Mara auf dem anderen Boot befunden hatte schwand damit und erst in dem Moment wurde Hans klar, dass er die Mutter niemals wieder sehen würde. Von hier würde er zu Fuß nicht entkommen und die Männer würden ihn wohl kaum wieder mit einem der Schiffe zurück bringen. Von den Anderen hörte er das Wort „Lösegeld" herüberwehen und fasste wieder Mut. Was wäre, wenn die Männer sie einfach nur gegen Geld austauschen wollten? Aber hatte der Vater so viel Geld, um sie beide auszulösen?

Er lehnte sich an die Stallwand und die Augen fielen ihm wieder zu. Er begann zu träumen, von der Seereise und der heimatlichen Hütte. Die irgendwo weit im Süden stand. Das Erzählen der älteren Kinder nahm er da schon gar nicht mehr wahr. Viel zu weit weg war er schon im Traum.

6. Kapitel

Diener oder Sklave?

Der neue Tag begann damit, dass die Tür aufgerissen wurde. Ein unbekannter, kräftiger Mann stand in der Tür und brüllte etwas in der unbekannten Sprache. Die Kinder hatten sich zusammen gerollt und schreckten hoch. Keiner verstand den Mann und so konnte auch keiner seinen Befehl ausführen. Das machte ihn vermutlich noch wütender. Der Mann sprang in die Hütte, an Hans vorbei und schnappte sich den anderen Jungen am Hals.

Mit Tritten und Schlägen brachte er ihn nach draußen und ließ die anderen Kinder entsetzt zurück. Das Tor fiel zu und eines der Mädchen begann zu weinen. Mara versuchte sie zu trösten, war aber selber so sehr über die Behandlung des Jungen erschrocken, dass ihr das nicht so richtig gelang. Sie zog sich ihren Umhang zurecht und richtete ihr Haar. Irgendwie war das nur zur Ablenkung, aber es half ihr, zur Ruhe zu kommen und einen klaren Gedanken zu finden. Die Anderen hatten noch ihre Kleider an, nur Mara war sozusagen halbnackt.

Wieder wurde die Tür aufgerissen und der Mann zeigte auf zwei der Mädchen. Noch während er sie anbrüllte rannten die Beiden los und so blieben ihnen die Schläge erspart. Nur einen Tritt gab es für die Zweite, als sie durch die Tür trat. Mara sah, wie die Freundin stürzte, dann schloss der Mann die Tür. So blieben sie zu dritt zurück in dem Stall. Hans rückte ganz nah an die Schwester heran. Vielleicht konnten sie ja zusammen bleiben?

Es dauerte eine ganze Weile bis das andere Mädchen aus der Hütte geholt wurde. Auch sie rannte sofort los, und das stimmte den Mann offensichtlich etwas friedlicher. Nur ein Klaps auf den Hintern gab er ihr, bevor die Tür wieder zufiel. „Was wird mit uns passieren?" fragte Hans, doch die Schwester wusste es nicht. Sie umarmte den Bruder und zog ihn an sich heran. „Wenn die Tür aufgeht, rennen wir zusammen raus." sagte sie und der Junge nickte. Lange warteten sie, oder kam ihnen das nur so vor?

Endlich hörten sie Schritte vor der Tür und standen auf. Mara zog ihren Bruder vor sich und so standen sie zum Sprung bereit. Als sich die Tür öffnete, liefen sie nach draußen und prallten vor einer Menschenmenge zurück. Es waren sicher mehr als dreißig Männer und Frauen dort, die auf sie gewartet hatten. Mara rutschte aus und fiel hin, dabei verrutschte der Umhang und gab ihren Hintern frei, der weiß in der Morgensonne erstrahlte. Damit hatte sie die Lacher der Menschenmenge schon mal auf ihrer Seite. Auch der Mann an der Tür musste schmunzeln, das sah sie, als sie aufstand.

Die fremden Menschen kamen, einer nach dem anderen, auf sie zu. Sie strichen durch Maras langes Haar, die beiden Kinder mussten ihre Zähne zeigen und ein paar der Männer fasten dem Mädchen prüfend an Hintern oder Brust. Der Umhang konnte sowieso nichts verbergen und die Seiten waren auch noch offen. Dann gingen alle wieder auf ihre Plätze zurück und bildeten einen Halbkreis um die Beiden. Der Mann an der Hütte rief etwas und einer nach dem anderen antwortete ihm. Manche mehrmals hintereinander, bis nur noch zwei antworteten und ein paar schon gingen. Schließlich rief nur einer noch etwas und danach wechselte ein Beutel den Besitzer.

Mit einem Grunzen steckte der Mann an der Hütte den Beutel ein. Der andere, ein kleiner, dicklicher, aber gut angezogener Mann holte einen Strick hervor und band den beiden Kindern die Hände, diesmal vor der Brust, zusammen. Dann zog er sie hinter sich her. Der Weg war nicht lang. Kaum dreißig Schritte, dann waren sie da. Eine etwas größere Hütte mit einem Stall an der Seite. Der Mann nahm Hans die Fesseln ab, warum er den Jungen für die paar Schritte überhaupt gefesselt hatte wusste er vermutlich selber nicht, öffnete den Stall und schob Hans hinein. Das Grunzen der Schweine begrüßte den Jungen und schon war die Tür wieder zu.

Hans stand im Halbdunkel, knöcheltief im Mist. Die Schweine rieben ihre Schnauzen an ihm, aber das war er ja von Zuhause gewohnt. An einem trockenen Platz setzte er sich und wartete, was nun passieren würde. Was war er denn nun? Ein Diener? Ein Sklave? Diener dienten freiwillig und er war ja gekauft worden. Wie eine Ware und so konnte sein neuer Herr auch weiter mit ihm umgehen. Gebrauchen oder verkaufen. Der Junge stützte den Kopf in die Hände und begann leise zu weinen.

Mara schaute auf die geschlossene Stalltür, als der Mann am Strick zog und sie fast gestürzt wäre. Noch ein paar Schritte, dann zog er sie durch den Eingang in die Hütte hinein. Im Halbdunkel sah sie ein paar Tische und eine Feuerstelle, in der aber nur Glut und kein Feuer mehr war. Hier waren sie beide alleine, aber aus einem Zimmer im hinteren Teil der Hütte hörte Mara Stimmen. Etwas klapperte. Der Mann zog sie weiter durch den Raum. Langsam hatten sich ihre Augen an das Licht hier drin gewöhnt. Auf jeder Seite standen vier Tische. Insgesamt acht mit Bänken zum Sitzen davor.

Der Mann zog sie über einen der Tische und band ihr die Hände, die ja immer noch vor ihrer Brust verschnürt waren, an der davor stehenden Bank fest. So lag sie nun mit dem Bauch halb auf dem Tisch. Sie ahnte schon, was nun sicher kommen würde und ihre Vermutung bestätigte sich schon bald. Der Mann trat hinter sie und schlug den Umhang hoch. Sie dachte zurück an die Männer, die sie vor ein paar Tagen in dem Dorf überfallen hatten. Sie hatten ihr das Kleid zerrissen und sie geschändet, direkt neben ihrer Mutter, der es auch nicht viel besser ergangen war. Mara hatte versucht zu fliehen und es damit nur noch schlimmer gemacht.

Ihr Schreien hatte die Männer noch wilder gemacht und diese Genugtuung, sie schreien zu hören, wollte sie diesem Mann hier nicht geben. Er krallte sich in ihre Hüften und drückte sie gegen den Tisch. Mara biss die Zähne zusammen, während er begann sich an ihr zu vergehen. Ihr Unterleib war von der vorangegangenen Schändung noch wund und sie zuckte zusammen, als er in sie stieß. Trotz der Schmerzen drang kein Laut über ihre Lippen. Jede seiner Bewegungen fühlte sich an, als würden glühende Nadeln in ihr verletztes Fleisch gestochen. Stumm erduldete sie die Schmach, bis er zuckend in ihr stecken blieb.

Mit einem missmutigen Grunzen ließ der Mann von ihr ab und es war offensichtlich, dass er nicht bekommen hatte, was er gewollt hatte. Er zog sich die Hose wieder hoch, band sie vom Tisch los und löste die Fesseln, die er sicher nur an ihren Händen gelassen hatte, damit sie sich nicht gegen die Vergewaltigung wehren konnte. Wenn es nicht so dunkel gewesen wäre, so hätte er den Zorn in ihren Augen funkeln sehen können. Er schob sie nach hinten und öffnete eine Tür.

7. Kapitel

Im Badehaus ihres Herren

Mara trat durch die Tür und stand in einem halbdunklen Raum. Es war die Küche und zwei Frauen bereiteten etwas an einer offenen Herdstelle vor. Während die eine Frau in einem Topf rührte putzte die Andere direkt daneben Gemüse. Die beiden Frauen drehten sich um und der Mann knurrte sie an, dann gab er Mara einen Stoß in den Rücken und verließ den Raum. Eine der Frauen kam auf sie zu und fragte etwas, was das Mädchen nicht verstand. Sie antwortete einfach „Ich komme aus einem fernen Land." In den Augen der anderen Frau blitzte es auf. „Ich auch." sagte sie in Maras Sprache. Vor lauter Freude hätte Mara die Frau fast umarmt, konnte sich aber gerade noch beherrschen. „Ich bin Uta und das ist Svenja." sagte die Frau und zeigte auf die andere, die bei der Nennung ihres Namens nickte.

Uta schaute das Mädchen von oben bis unten an und dann nahm sie Mara bei der Hand. Zusammen verließen sie die Küche und gingen aus der Hütte, nur um durch einen anderen Eingang wieder in die Hütte hinein zu gehen. Ein Raum mit mehreren großen Löchern in der Wand, durch die etwas Licht hineinfiel, öffnete sich vor Mara. Das was ihr aber sofort auffiel, war ein riesengroßer Holzbottich in der Mitte des Raumes, der fast bis oben hin mit Wasser gefüllt war. „Zieh dein Kleid aus und setzt dich da rein. Ich werde dich waschen." sagte Uta und zeigte auf den Bottich. Mara schaute die Frau ungläubig an. „Nackt baden?" entfuhr es ihr, doch die Frau antwortete ihr „In diesem Land baden alle, Männer und Frauen, ohne Kleidung und sogar zusammen in einer Wanne." Das Mädchen nickte, löste den Strick von ihrer Hüfte und streifte den Umhang ab. Über eine Treppe gelangte sie in den Bottich. Das Wasser war weder zu kalt noch zu warm. Genau richtig für ein Bad.

Mara setzte sich hinein und wusch sich die Spuren des Wirtes vom Körper, dann begann Uta sie mit etwas, was nach Kräutern duftete, abzureiben. Sie wusch dem Mädchen auch die Haare. Mara genoss das warme Wasser und die streichelnden Hände der Frau. Fast wäre sie dabei eingeschlafen. Während des ganzen Bades sagte Uta keinen Ton. Erst zum Schluss sagte sie „Jetzt steige wieder heraus." Die Frau holte ein Tuch und begann Mara abzutrocknen. Dann hob sie den Umhang auf und betrachtete das Stück Stoff. „Ich werde dir ein Kleid von mir geben." sagte Uta und verließ den Raum. Den Umhang warf sie beim Verlassen in das Feuer, das am Rande des Raumes unter einem Kessel brannte. Das Mädchen trat an das Feuer und trocknete ihre Haare, als Uta wieder mit dem versprochenen Kleid erschien. Es war Mara zwar zu klein und so spannte es um die Hüften etwas, aber der Stoff fühlte sich gut an.

Nun erst begann Uta zu erzählen „Unser Herr hat dich gekauft, so wie er mich vor zehn Jahren gekauft hatte." Mara rechnete im Kopf nach, damit wäre Uta sicher noch keine dreißig Jahre, Mara hatte sie auf das doppelte Alter geschätzt. Die Arbeit hier ließ sie vermutlich sehr schnell altern. Uta setzte fort „In dieses Badehaus kommen Männer und Frauen. Wir müssen sie waschen und bedienen. Manchmal wollen die Männer auch etwas mehr." dabei zeigte sie auf eine Bank an der Seite des Raumes und Mara nickte verstehend. „Am Tag hilfst du hier im Bad und am Abend im Schankraum, den du ja schon gesehen hast. Wenn die Gäste mit dir zufrieden sind, so ist es unser Herr auch. Sonst …" Uta ließ den Rest des Satzes ungesagt und zeigte nur auf eine Peitsche, die an einem Nagel in der Ecke hing. Ohne ein Wort streift sie ihr Kleid herunter und zeigte die breiten Striemen auf ihrem Rücken. Das musste schon Jahre her sein und doch waren die Narben immer noch deutlich zu sehen.

Wieder nickte Mara verstehend. Uta zog ihr Kleid wieder an und erzählte weiter. „Ich bringe dir dann noch ein paar Worte bei, damit du die Gäste verstehen kannst. Nicht das dir dasselbe passiert wie mir." dabei zeigte sie auf ihren Rücken. „Und nun gehst du zu Svenja und hilfst bei der Suppe." beendete Uta ihre Erklärung. Mara ging zurück in die Küche und begann mit der Küchenarbeit. Es gab Fischsuppe und Mara musste den Fisch ausnehmen. Das konnte sie ja schon und so saß jeder Schnitt an dem Fisch. Svenja nickte ihr anerkennend zu. Gemeinsam machten sie die Arbeit in der Küche. Als Uta zurück kam sagte Mara „Mein Bruder sitzt noch im Schweinestall, wo ihn unser Herr untergebracht hat." Uta drehte sich um und ging „Ich frage ihn, was mit deinem Bruder werden soll." sagte sie noch im Hinausgehen.

Wenig später kehrte sie zurück und sagte „Dein Bruder wird in der Schankstube sauber machen und sich um die Schweine kümmern. Wenn er das gut macht, so kann er bleiben, anderenfalls wird ihn unser Herr sicher wieder verkaufen." Mara nickte und schon begann die Lehrstunde mit Uta. In den nächsten Stunden lernte sie die ersten Wörter in der fremden Sprache. Sie lernte, was Wein, Bier, Fisch und „Setzt dich auf meine Schoß" heißt, als eine kleine Glock läutete. „Da ist jemand im Bad." erklärte Uta und nahm das Mädchen an die Hand. Uta zog das Kleid aus und ein kurzes leinenes Kleid an, dann gab sie ein ebensolches an Mara weiter. Der auch dieses zu klein war. Es ließ die Arme frei und ging nur bis zum Knie. „Unsere Arbeitskleidung." sagte Uta und ging aus der Küche zum Bad hinüber. Mara folgte ihr in den nun schon bekannten Raum hinein.

Zwei ältere Frauen waren dort vor der Wanne und Mara musste ihnen beim Entkleiden helfen. Uta begann die beiden Frauen abzureiben und dann machte Mara einfach mit. Eine der Frauen sagte „Wein." und Uta zeigte mit dem Kopf auf einen Krug, der auf einem kleinen Tisch stand. Mara lief dort hin und goss einen Becher ein, den sie der Frau brachte. Wenig später sagte die andere Frau auch „Wein." und wieder eilte Mara los. Uta nickte dankbar und die beiden

Frauen im Bad stießen miteinander an. Nachdem sie abgetrocknet und angezogen waren verließen die beiden Frauen das Bad wieder. „Gut gemacht." sagte Uta zu Mara und sie gingen zusammen zurück in die Küche.

8. Kapitel

Eine Hafenschänke

Als es draußen dämmrig wurde, oder besser gesagt die Schatten immer länger wurden, denn dämmrig war es die meiste Zeit des Tages in diesem Fjord, trafen auch die ersten Zecher in der Schänke ein. Das war der Moment, wo nun Mara wieder den Schankraum betreten sollte „Wir teilen uns die Arbeit. Du gehst die Tische links und ich die rechts ab." begann Uta in der Küche zu erklären „Wir müssen nur die Getränke, die der Herr ausschenkt, an die Tische bringen und das Essen servieren, dass uns Svenja gibt." schloss sie den Satz ab „Und warum sind unsere Kleider so kurz?" fragte Mara und zeigte auf das nur knielange Kleid, im Verhältnis zu den langen Kleidern der beiden Frauen im Bad, war es sehr kurz. „Das wirst du noch sehen." sagte Uta mit einem gequälten Lächeln und Mara nickte verstehend.

Uta öffnete die Tür und der Raum war durch das Feuer, das an der Seite brannte, sowie durch kleine Lichter auf den Tischen hell erleuchtet. Ein paar Männer saßen schon an den Tischen und warteten auf ihre Getränke. An diesem Abend tat Mara alles, was notwendig war, um vor den strengen Blicken der Herren zu bestehen, der sie die ganze Zeit beobachtete und sicher auf einen Fehler ihrerseits wartete. Vielleich dachte er an den Vormittag und an die durch sie nicht erhaltene Befriedigung, anscheinend suchte er nur einen Grund, die Peitsche zu benutzen. Je später der Abend wurde, umso mehr hatten sich die Männer betrunken und umso wilder wurden sie auch. Sie grölten und sangen, brüllten und prosteten sich zu. Auch kleinere Streitigkeiten gab es, die der Wirt aber schnell schlichtete. Als einer der Männer Uta auf seinen Schoß zog, konnte das Mädchen auch sehen, warum die Kleider so kurz sein sollten. Bei ihr blieb es da an diesem Abend bei ein paar Tätscheleien auf dem Hintern und unter dem Rock. Bis spät in der Nacht waren sie beschäftigt und die Krüge wurden mit jedem Schritt immer schwerer.

Als der letzte Gast endlich gegangen war, neigte sich ein langer Tag dem Ende zu, der für Mara am Morgen halbnackt im Stall begonnen hatte. Sie fragte die Freundin, denn das war Uta in der kurzen Zeit schon geworden, wo sie denn nun schlafen sollte. „Svenja schläft in der Küche und wir im Bad." gab die Freundin zurück. Zusammen verließen sie den Schankraum und gingen zum Bad hinüber. Dort sah sich Mara um, wo den ein Platz für sie Beide war, und Uta zeigte auf die kleine Bank, die ihr Nachtlager sein würde. Bevor sie sich dort ausstrecken konnte, goss Uta zwei Becher mit einer übel riechenden Flüssigkeit voll. Sie gab einen davon dem Mädchen und sagte „Damit du nicht ungewollt schwanger wirst." Mara dachte wieder an den widerlichen Wirt, der ihr Gewalt angetan hatte, danach schaute sie auf die schillernde Flüssigkeit und sah dann die Freundin zweifelnd an.

Uta nickte und so trank das Mädchen den Becher in einem Zuge leer. Das Gebräu schmeckte widerlich und Mara hatte alle Mühe, sich nicht zu übergeben. Es würgte in ihrem Hals und dann trank Uta. Auch in ihrem Gesicht sah man die Übelkeit. Doch die Freundin hatte sicher Recht. Schließlich war sie schon zehn Jahre hier. Uta schaute sich nach allen Seiten um und ging dann schnell mit Maras Becher zu dem Weinkrug, der für die Gäste des Badehauses war. Genauso schnell war sie zurück und sagte leise „Zum Nachspülen." mit einem Zug trank Mara den süßen Wein aus. Die Freundin brachte die Becher weg und legte sich auf die Bank. Mara kuschelte sich an und schon wenig später schnarchte die Frau. Auch das Mädchen schlief schnell vor Erschöpfung ein.

Die feuchte Schnauze eines Schweins weckte Hans in seinem Stall. Am Vorabend hatte Uta ihm noch etwas zu essen gebracht und nun wartete er, dass man ihn zur Arbeit holen würde. Es dauerte aber noch etwas, bis der Mann ihn aus dem Stall holte. Mit einem Lappen und einem Eimer musste der Junge die Schankstube schrubben. Es stank und der Dreck lag überall herum. Der Herr schaute aufmerksam zu, wie Hans seine Arbeit verrichtete. Zufrieden Grunzend verließ er dann die Schankstube und ging zum Markt.

Mara erwachte als sie von der Bank rollte und zu Boden fiel. Es war zwar nicht hoch, doch es reichte für einen gewaltigen Schreck. Den sie auch Uta zufügte. Die beiden Frauen schauten sich an und mussten erst mal lachen, auf den Schreck hin. Uta streifte ihr Kleid ab, goss warmes Wasser in den Bottich und setzte sich hinein, während Mara die Fensterläden von außen öffnete. Draußen sah sie eine kleine Hütte, die sie am Tag zuvor nicht wahrgenommen hatte. Sie ging in das Bad hinein, half Uta beim Abtrocknen und fragte nach dem Zweck der Hütte. „Das ist unsere Schwitzhütte. Da können wir alles ausschwitzen, was uns so stört." antwortete Uta und auf den fragenden Blick der Freundin hin sagte sie „Ich heize uns da gleich ein und zeige es dir."

Das Mädchen nickte und stieg nun selbst in die Wanne. Die Frau verschwand mit etwas Holz unter dem Arm aus dem Bad. Nachdem sich Mara wieder angezogen hatte holte Uta sie ab. Vor der Hütte legten sie ihre Kleider ab und setzten sich in den Dampf, der den Innenraum der kleinen Hütte vollkommen ausfüllte. Es war unglaublich heiß darin und das Mädchen fragte sich, warum sie gerade gebadet hatte, wo doch jetzt der Schweiß aus allen ihren Poren lief. Ihre Haut wurde Feuerrot und schließlich sagte Uta „Das reicht fürs erste." sie stand auf, ergriff Maras Hand und zusammen rannten sie zum Fjord hinunter, um sich im Wasser abzukühlen. Mara schwamm ein kleines Stück. Sie hatte es gelernt, als sie einst in den Fluss gefallen war. Uta schaute ihr nur aus dem seichten Wasser zu.

Sie konnte nicht schwimmen, genauso wie die meisten anderen hier es auch nicht konnten. Die Seefahrer weigerten sich sogar, es zu lernen. Wenn sie auf dem Meer aus dem Boot fielen, so verlängerte es nur ihr Leiden, wenn sie schwimmen konnten. Zusammen gingen die beiden Frauen zu ihren Kleidern zurück und zogen sich an. Uta hatte Recht gehabt, es war alles aus ihr heraus geschwitzt und Mara fühlte sich leicht dabei. Als sie das Bad betraten warteten dort schon ein Mann und eine Frau auf ihre Dienste. Schnell waren die beiden Gäste im Wasser und wurden von den beiden Frauen verwöhnt. Ein neuer arbeitsreicher Tag begann.

9. Kapitel

Augen wie das Meer

ie Frau lief über die Wiese, warf ihr Kleid auf den Steg und sprang vom Rande der Holzkonstruktion in den Fjord hinein. Wie jeden Morgen schwamm sie eine Strecke durch das Wasser, bis zu einer kleinen Insel, wo sie sich für ein paar Augenblicke in das Schilf setzte, um den Sonnenaufgang hinter den Felsen zu genießen. Mara lebte nun schon zwei Jahre hier in dem Dorf am Ende der Welt. Nun war sie fast achtzehn Jahre alt und noch immer diente sie als Sklavin in Bad und Schänke. Wie immer, wenn die ersten Sonnenstrahlen ihren Kopf berührten, sprang sie zurück in das Wasser und schwamm zurück zum Dorf.

Gerade, als sie aus dem Fjord klettern wollte, betrat ein junger Mann die andere Seite des hölzernen Anlegestegs. Er wollte offensichtlich nach dem Schiff sehen, dass an der anderen Seite lag, als er das Kleid dort liegen sah. Er schaute sich um und bemerkte die Frau im Wasser direkt vor seinen Füßen. Er reichte ihr die Hand und Mara zögerte einen Moment, ob sie so unbekleidet aus dem Meer steigen sollte. Aber bei all dem, was sie in den letzten beiden Jahren hier im Bad und in der Schänke erlebt hatte, tat sie diese Gedanken schnell wieder ab. Sie ließ sich auf den Steg ziehen, streifte sich mit der Hand das Wasser vom Körper. Dann gab der Mann ihr das Kleid, das sie sich ohne Eile überzog.

Sie trocknete ihr Haar und dabei trafen sich ihrer beiden Blicke. Seine Augen hatten die Farbe des Meeres. So grünblau, wie der Fjord, wenn die Sonne auf seine Oberfläche fiel. Und genau so, wie sie gerade im Fjord versunken war, so versank sie nun in seinen Augen. Irgendwie konnte sie sich nicht losreißen. Erst als Uta von der Schänke nach ihr rief, rannte sie los. Der Mann schaute ihr noch eine ganze Weile nach.

Auch Hans war schon wach. Er rutschte unter den Tischen in der Schänke herum und sammelte die Knochen und Reste der Mahlzeiten des Abends zuvor in einen Eimer. Die Schweine würden sich darüber sicher freuen. Noch immer war er hier beschäftigt und obwohl seine Schwester auch hier war, sahen sie sich fast nie. Wenn er im Schankraum war, war sie im Bad und erst wenn er dann später die Schweine hütete, kam Mara in den Schankraum. Die schwere Arbeit hatte ihn kräftig werden lassen. Er hatte Muskeln wie vermutlich kein anderer Zehnjähriger. Am liebsten hütete er aber die Schweine. Nicht der Schweine wegen, sondern weil das Gatter genau neben der Schiffsbaustelle lag.

Hans schaute den Männern aufmerksam zu, wie sie die Planken verbanden oder den Kiel verstärkten. Er war schon immer von Schiffen fasziniert gewesen, doch das Boot, was da gerade entstand, war etwas Besonderes. Es war mehr als doppelt so groß, wie die anderen in der Bucht und würde auch viele Männer tragen können. Sicher würden sie damit reiche Beute machen, doch Hans sah in dem Schiff etwas anderes. Keine Waffe, sondern ein wunderschönes Stück Handwerksarbeit. Die geschwungenen Linien, das hohe Vorschiff und der geklinkerte Seitenbereich. So stand er an das Gatter gelehnt und konnte alles aus der Nähe beobachten.

Mara sah das Schiff ebenfalls. Uta hatte ihr erzählt, dass vor fünfzig Jahren hier noch Fischer lebten. Arme Leute, von denen im Winter oft zwei Drittel aller Kinder starben. Durch die Beutezüge waren sie reich geworden. Unermesslich reich, im Vergleich zu früher. Nun überlebten fast alle Kinder und das führte dazu, dass immer mehr Menschen hier lebten. Es gab hier etwa hundert Männer und genauso viele Frauen. Sicher auch noch dreihundert Kinder. Also alles in allem fünfhundert Einwohner auf einer Fläche, auf der früher keine fünfzig gelebt hatten. Im Sommer ging es, da war mehr als die Hälfte aller Männer auf Seefahrt, aber im Winter? Wenn der Fjord zugefroren war, dann wurde es eng. Und in der Schänke, sowie im Badehaus, herrschte Hochbetrieb. Den Wirt, ihren Herrn, freute dies, er verdiente ja gut daran. Doch Mara, Svenja und Uta hatten in diesen Zeiten schwer zu schuften.

Es wurden auch keine Menschen mehr geraubt, die hatte man selbst genug, nur Dinge, die man brauchen oder tauschen konnte. Einige der Männer versuchten sich als Händler und wurden damit reich. Den Sklaven ging es dadurch nicht besser, ihr Status rutschte nur weiter nach unten. Von ihnen gab es sicher auch mehr wie fünfzig hier. Die Peitsche war ihr zum Glück bisher erspart geblieben. Utas Rat hatte sich bis jetzt bezahlt gemacht. Da es sich Mara zum Prinzip gemacht hatte, keinen Ton über ihre Lippen kommen zu lassen, wenn sich ein Gast an ihr verging, blieb der größte Teil dieser Tätigkeiten an Uta hängen. Nur selten musste auch Mara den Männern zu Diensten sein. Ihr Ruf hatte sich im Dorf schon herum gesprochen, doch auch der Wirt konnte da nichts machen. Sie verweigerte sich ja niemanden!

Der Mann auf dem Steg ging ihr nicht mehr aus dem Sinn. Beim Fische ausnehmen schaute sie durch die offene Hüttentür genau auf den Steg und träumte von diesen grünblauen Augen, als ein stechender Schmerz sie durchzuckte. Sie hatte sich in den Finger geschnitten. Das war ihr bei den tausenden Fischen zuvor noch nie passiert. Es war nur ein kleiner Schnitt, aber Uta umwickelte den Finger mit einem Tuch „Wo hast du nur deine Gedanken?" fragte sie Mara und die hätte sicher geantwortet „Auf dem Steg. Bei ihm!" aber sie wusste nicht mal seinen Namen. Und das wo sie doch fast alle hundert Männer im Dorf persönlich kannte. Nicht so gut wie Uta, aber die lebte auch schon ein paar Jahre länger hier. Die kleine Glocke rief sie zum Bad und schnell eilten die beiden Frauen hinüber.

Mara wäre fast zurück geprallt. Zwei Männer standen im Raum und einer davon war der Fremde vom Steg. Mit ihrem kurzen Leinenkleid stand sie dort und wusste für einen Moment nicht, was sie tun sollte, bis Uta sie anschob. Schnell half sie dem Mann aus den Kleidern und danach rieb sie seinen nackten Körper mit der Kräutertinktur ein, bevor er in die Wanne stieg. Der andere Mann vergnügte sich inzwischen mit Uta und Mara rubbelte am Körper des anderen herum, dabei vermied sie aber jeden Augenkontakt. Nur durch die niedergeschlagenen Wimpern schaute sie ihn an. Ihre Finger kneteten seine Muskeln durch und strichen über seinen Körper. Als der andere Mann in das Wasser stieg nahm der namenlose Fremde Maras Hand und zog sie zu der, nun frei gewordenen, Bank.

Im Gehen zog sie sich das Kleid aus und streifte es nicht, wie sonst üblich, nur bis zu den Hüften hoch. Das erste Mal fühlte sie sich gewollt, geliebt und als Frau. Warum wusste sie selbst nicht. Es war ein warmes Gefühl in ihr, das sagte „Du tust das Richtige." Sie zog ihn mehr hinter sich her. Nun waren sie beide nackt und er roch noch nach den Kräutern. Rücklings ließ sie sich auf die Bank sinken, ohne einen Blick von ihm abzuwenden. Nicht er war der aktive Teil, sondern Mara zog ihn in ihren Körper hinein. Jeder seiner Bewegungen kam sie entgegen. Immer schneller wurde sie und als er sich stöhnend in ihr ergoss, rollte eine Welle über sie. Uta, die gerade den anderen Mann abschrubbte, erschrak, als es mit Gewalt aus Mara herausbrach. Ein erlösender Schrei hallte durch das Bad. Vor Schreck biss Mara dem Mann sogar in die Schulter, was ihm aber anscheinend gefiel. Wenig später trocknete sie ihn ab und er verließ das Bad, zusammen mit dem anderen Mann. Immer noch wusste sie nicht, wie er hieß, aber es hatte sich gut angefühlt.

10. Kapitel

Erik

Wer war nur diese Frau? Der Mann ging zu den Männern hinüber. Frisch gebadet und irgendwie beschwingt griff er sich eine Axt. Hieb für Hieb setzte er nebeneinander und brachte die Planke auf die richtige Größe. Immer wieder schweiften seine Gedanken ab. Die Frau hatte er zweimal an diesem Morgen gesehen. Er dachte an sie und plötzlich rief einer der Männer „Erik! Was machst du?" der Mann hielt inne und schaute auf das Brett. Ein falscher Schlag und die ganze Arbeit war umsonst. „Verdammt!" rief Erik und zerbrach das Plankenstück über dem Knie. Dann warf er es auf den Abfallhaufen. Nur Feuerholz, keine Schiffsplanke.

Er ließ die Axt sinken und schaute auf das Schiff. Es war richtig groß. Erik war erst vor einem Monat von einem anderen Stamm hierher zurückgekehrt. Dort hatte er mit solch großen Schiffen das Meer befahren. Sein Stamm hier hatte nur kleine Boote, mit denen man am Ufer oder in der Nähe der Küste fahren musste. Sie waren winzig, konnten nicht viele Männer und kaum Beute mit aufnehmen. Seit er nun wieder zurück war, hatte er den Vater, der hier der Stammesführer war, jeden Tag von Sonnenaufgang bis Sonnenuntergang regelrecht belagert, um ihn diese Idee so gut wie möglich zu erklären.

Endlich hatte der alte Mann, murrend zwar, ja gesagt und Erik konnte mit dem Bau beginnen. Nun lag das Schiff als Stapel Baumstämme in der Nähe des Hafens und er hatte alle Mühe gehabt, fast genau so viel wie bei seinem Vater, die Männer von seinem Vorhaben zu begeistern. Fast dreißig Männer arbeiteten hier und er sah das Schiff schon schwimmen. Dort drüben, im Land der untergehenden Sonne, gab es reiche Beute. Das hatte er selbst auf vielen Fahrten gesehen und diese passte dann auch in das Boot hinein. Mit dreißig

Mann, allen die auch im Moment daran arbeiteten, wollte er ebenfalls dort hinüber fahren und dem Vater mit der reichen Beute beweisen, dass seine Idee die richtige gewesen war.

Immer noch ging ihm die Frau nicht aus dem Sinn. Er sah seinen Freund an und fragte „Die Frau? Kennst du ihren Namen?" „Welche? Die, die mit mir zusammen war? Uta?" „Nein Olaf. Die andere! Die bei mir war." antwortete Erik. „Das war Mara." entgegnete Olaf und sah den Freund an. „Bevor du wieder zuschlägst und ein Brett ruinierst, lass uns in die Schänke gehen." legte Olaf fest, als er den Blick seines Freundes und das Beil in seiner Hand sah. Erik nickte und schlug die Axt in einen der Stämme, die am Rande der Baustelle lagen. Lachend gingen die beiden Männer denselben Weg zurück, den sie eigentlich, zwei Bretter zuvor, gerade erst in die andere Richtung gegangen waren.

Zu dieser Zeit war in der Schänke nicht viel los. Der Wirt bediente seine beiden einzigen Gäste selbst und nach nur zwei Bechern Bier brachen sie auch schon wieder auf. Es war ja noch früh am Tag und noch so viel zu tun. Das Boot musste fertig werden. Als sie die Baustelle betraten, sahen sie, wie eines der kleinen Boote gerade den Hafen verließ, um irgendwo Handel zu treiben, denn für eine Raubfahrt waren nicht genug Leute an Deck zu sehen. Nur fünf Mann zählte Erik und zeigte darauf „Siehst du was ich meine? Das Boot hat gar keinen Platz für Männer und Beute. Unseres aber wird doppelt so lang und da hat man dann sogar auf solchen Fahrten immer noch die Männer an Bord, um jede sich bietende Gelegenheit zu nutzen." Olaf versuchte die Begeisterung seines Freundes etwas zu bremsen im Angesicht des Stapels Bretter, der irgendwann mal ein Boot sein sollte. Aber Erik sah sich schon auf diesen Planken stehen und losfahren.

Als er zur Axt greifen wollte, sah ihn sein Freund an und sagte „Du solltest heute lieber nur den Fortschritt der Arbeit kontrollieren. Brennholz haben wir schon genug." dabei zeigte er lachend auf das zerstörte Brett und Erik nickte nur, ebenfalls lachend. Er begann sich an Stellen nützlich zu machen, wo er nicht mit einer Axt arbeiten musste und seine Gedanken abschweifen konnten. Immer wieder kreisten sie um diese Frau. Mara! Immerhin wusste er ja, wo er sie finden konnte. Am Morgen auf dem Steg, am Vormittag im Bad und sicher am Abend in der Schänke. Das alles waren Plätze, die er vor diesem Tag noch nie aufgesucht hatte. „Es ist schon irgendwie komisch." dachte er sich. Als er vor mehr als zwei Jahren fortgegangen war, da war er ihr noch nicht begegnet.

Erik war nun fünfundzwanzig und schon mehr als zehn Jahre davon auf der offenen See. Noch nie hatte er an eine Familie gedacht. Noch nie, bis genau zu diesem Moment, am Morgen, auf dem Steg. Nun suchte er aber eine Arbeit, bei der er sich auf etwas anderes konzentrieren musste. Ein besonders großes Stück eines Baumes lag an der Seite und würde einmal die Spitze des Bootes zieren. Er begann mit einer kleinen Axt die Form des Drachenkopfes aus dem Holz heraus zu schlagen. Von allen Seiten drehte er das Holzstück, bis er vor seinem Auge den Drachen sehen konnte. Span für Span nahm er all das weg, was dem Drachen im Wege stand. Olaf war hinter ihn getreten und beobachtete den Freund argwöhnisch. Wenn der Kopf misslang, so wäre das für das Boot sicher kein gutes Zeichen und gerade daran hatte sich der Freund nun auch noch heute gesetzt. Hatte er ihm nicht gerade erst die Axt verboten?

Doch die Arbeit gelang. Furchteinflößend sollte der Drachen aussehen und das war Erik mit seiner Arbeit gelungen. Olaf rief die Männer schnell zusammen und alle schauten auf den Drachen, den Erik in den Händen hielt. Das große Maul, die spitzen Zähne und die Mähne. Alles war da, wenn auch noch nicht bemalt.

Die Männer klopften ihrem Anführer anerkennend auf die Schulter. „Darauf ein Bier." rief Erik, legte den Kopf des Drachen vorsichtig ab und ging mit allen seinen Männern in Richtung Schänke. Würde er Mara vielleicht dort drin wieder sehen? Bestimmt! Gemeinsam betraten sie den Schankraum in dem sicher schon dreißig Männer saßen und kräftig dem Wein und Bier zusprachen. Er sah auch Mara, die mit den Krügen zu den Tischen eilte.

War es eine gute Idee gewesen, hier mit den Männern zusammen hin zu gehen?

11. Kapitel

Zwei Beutel Goldmünzen

Den ganzen Abend versuchten sich die Beiden aus dem Weg zu gehen und das war in dem kleinen Schankraum gar nicht so einfach. Es war schon fast komisch mit anzusehen, wie sie jeden Augenkontakt vermieden. Wenn er bestellte, so schaute ihn Mara nur mit niedergeschlagenen Augenliedern durch die Wimpern an. Wenn es durch das Feuer nicht sowieso schon rot in dem Raum gewesen wäre, hätte jeder sehen können, wie Maras Wangen glühten.

Irgendwie war alles anders. In all den Jahren im Bad hatte sie sich ein dickes Fell zugelegt und keine Gefühle an sich heran gelassen. Als Sklavin würde das ja auch nichts nützen. Ein kleiner Moment der Unachtsamkeit und schon waren tiefe Gefühle in ihr erwacht, die sie nicht mehr im Griff hatte. Trotzdem musste sie aufpassen, um keinen Fehler zu machen. Der Wirt beobachtete sie argwöhnisch und die Peitsche war nicht zur Zierde da. Auch wenn sie die letzten Jahre Ruhe gehabt hatte und nur an dem rostigen Nagel hing. Schon ein kleiner Fehler reichte.

Immer wenn Mara die Hand des Mannes streifte, wenn sie ihm einen vollen Krug gab oder einen leeren abnahm, zuckte sie ein wenig zusammen. Erik ließ sich aber nichts anmerken, selbst wenn sich tief in ihm etwas zusammen krampfte. Er versuchte sich mit einem Blick über seine Männer abzulenken. In dem neuen Boot würden immer zwei beim Rudern nebeneinander sitzen. Es würde zu breit sein, als dass einer die jeweils beiden Riemen führen konnte, wie es bei den alten Botten noch üblich war.

Die Männer hatten schon irgendwie zu zweit Platz genommen. Sie mussten sich immer aufeinander verlassen können. Er und Olaf würden am Ruder sein und die dreißig Anderen würden rudern, segeln oder kämpfen. Erik stand auf und hob seinen Krug. Er rief „Auf unser neues Schiff und die reiche Beute, die es uns bringen wird." dann trank er den Krug mit einem Zug leer und warf ihn an die gegenüber liegende Hüttenwand. Keiner sollte jemals wieder daraus trinken können.

Seine Männer machte es ihm nach und ein Berg von Scherben blieb zurück, die Hans am nächsten Morgen wegräumen mussten. Erik zahlte die Zeche und verließ den Raum, ohne sich noch einmal nach Mara umzudrehen, er spürte jedoch ihren Blick in seinem Rücken. Vor seinen Männern durfte er sich aber keine Schwäche leisten. Gefühle waren da sehr gefährlich. Auf dem Weg durch die Nacht zu seiner Hütte ging er an der Schiffsbaustelle vorbei. Alles war gut und der Bau würde sicher schnell vorwärts gehen. Neben dem Schiffsrumpf lag der Steg, wo er am Morgen Mara getroffen hatte und wo er sie sicher am nächsten Morgen wieder sehen würde.

Früher als sonst. Noch in der Dunkelheit, war Mara aus dem Haus gegangen. Uta schnarchte noch laut, schlief tief und fest auf der Bank. Sie versuchte so leise wie möglich zu sein, um die schlafende Freundin nicht zu wecken. In dem kurzen weißen Leinenkleid, das sie immer im Bad trug, schlich sie aus dem Raum, lief zur Anlegestelle und setzte sich auf den Anleger. Die Füße im Wasser, träumte sie so vor sich hin. Noch war es viel zu dunkel, um zur Insel hinüber zu schwimmen. Leise plätscherte das Wasser unter ihr.

Noch bevor sie hinüber schwimmen konnte, sie hatte gerade das Kleid abgelegt und wollte vom Rand des Steges in den Fjord hinein springen, trat Erik auf den Anleger. Er war fast die ganze Nacht wach geblieben. Im Bett, sich hin und her wälzend, hatte er fast nur an Mara gedacht. Und nun stand sie wieder vor ihm. So wie sie die Götter geschaffen hatten. Er trat auf sie zu und wusste nicht, ob er sie küssen sollte. Irgendeine Verbindung gab es da zwischen ihnen. Das spürte nicht nur Erik, sondern die Frau hatte es auch schon bemerkt.

So standen sie eine ganze Weile einfach nur da. Dann strich er mit den Fingern durch ihr langes, blondes Haar und Mara presste ihren Kopf seiner Hand entgegen. Zum Glück war noch keiner seiner Männer auf der Baustelle nebenan. Er hätte sonst, falls sie ihn so gesehen hätten, sicher bei der nächsten Fahrt hinterher schwimmen müssen. Endlich ließ er seine Hand sinken. Mara nickte, gab ihm einen schnellen Kuss, drehte sich um und sprang in den Fjord. Noch einmal drehte sie sich um und sah ihn dort stehen. Dann schwamm sie mit kräftigen Armzügen zu der kleinen Insel hinüber. Mitten im Schilf hätte sie sich fast selbst eine Ohrfeige gegeben. Noch immer wusste sie den Namen des Mannes nicht und sie war doch nur eine Sklavin. Wie konnte sie irgendetwas von diesem Manne wollen? Warum dann also dieser Kuss? Am Vortag hatte sie sich ihm gern hingegeben, aber war das nicht auch ihre Aufgabe im Bad? Zweifelnd saß sie im Schilf und umklammerte ihre nackten Beine. Durfte das sein? Liebte sie ihn? Und er sie?

Erik hatte ihr noch eine Weile nachgeschaut, bis er endlich einen Entschluss gefasst hatte. Der Mann drehte sich um und ging zur Schänke. Ein Junge sammelte die Scherben der Krüge des Vorabends in einen Eimer. Er fragte ihn, wo er den Wirt finden konnte und Hans, mit dem Eimer in der Hand, zeigte in Richtung des Tresens, wo der Mann noch schlief. Erik schlug mit der Hand auf das Holz und der Wirt zuckte zusammen. Verschlafen kam er hoch und erkannte Erik. „Hallo Erik, was willst du schon so früh hier? Hast du etwas vergessen?" „Gib mir Mara!" sagte Erik und bei der Nennung des Namens seiner Schwester wurde Hans hellhörig. Er versuchte nun bei der Arbeit jedes Wort zu hören.

„Warum sollte ich das tun?" fragte der Wirt „Weil ich dir einen Beutel Goldmünzen für sie gebe." antwortete Erik und zog den ledernen Beutel hervor. Der Anblick der Münzen machte den Wirt sofort hellwach. Er wollte Mara behalten, aber einen Bootsführer und vielleicht zukünftigen Stammesführer wollte er auch nicht verärgern. Eine Weile überlegte er, dann sagte er „Zwei Beutel und du musst mir einen Ersatz für Mara bringen. Eine schöne, junge Frau." Erik zog einen zweiten Beutel Münzen hervor und schob die Münzen über den Tisch. „Deine Hand darauf!" sagte er fordernd und der Wirt schlug ein. Wenig später verließ Erik die Schänke und der Wirt zählte die Münzen ab.

Als Mara vom Schwimmen zurückkam, erzählte ihr Hans alles. Nun wusste sie schon mal den Namen des Mannes. Sie sah sich um und bemerkte, dass die Männer auf der Baustelle alle zusammen standen. Dann ging sie schnell zu ihrer Arbeit. In der Mitte der Männer stand Erik und erklärte, dass er am nächsten Morgen zu einer Beutefahrt im alten Boot seines Vaters aufbrechen würde. Dazu suchte er noch zehn Männer, die anderen würden weiter arbeiten. Schnell hatte er seine Mannschaft zusammen. Auch Olaf schloss sich ihm an.

Die beiden waren seit fast zwanzig Jahren Freunde. Seit mehr als fünfzehn Jahren fuhren sie zusammen auf See und wenn man auf den Fahrten so oft nebeneinander den Hintern über die Bordwand gehalten hatte, verband das schon. Erik gab Olaf die Hand und ging zu seinem Vater, um ihn nach dem Boot zu fragen.

12. Kapitel

Auf Kaperfahrt

In aller Frühe fuhr das Schiff los. Mara konnte es von der Schilfinsel aus noch lange sehen, dann schwamm sie zurück zum Steg und nahm ihre Arbeit wieder auf. Olaf am Ruder des Schiffes hielt den Kurs, während Erik am Bug stand und auf Untiefen achtete. Schnell waren sie auf der offenen See und fuhren nach Süden. Erik ging nach hinten und schaute nun auf seine Männer, die vor ihm mit dem Segel beschäftigt waren. Das Boot war nur alleine unterwegs und nicht, wie sonst üblich, zusammen mit anderen Booten. Aber so überstürzt hatte er nur dieses eine Boot erhalten und er wollte Mara so schnell wie es nur ging haben. Warum wusste er immer noch nicht. Doch die Sehnsucht nach ihr zog ihn auf See.

Der Weg über die offene See war schon beinahe alltägliche Seefahrerei. Nach dem Stand der Sonne oder, in der Nacht, nach Mond und Sternen zu segeln hatte er schon vor sehr langer Zeit gelernt. Viele Boote blieben immer nur in Sichtweite der Küste, doch Erik verstand die See. Er konnte mit dem Wasser reden. Jede Welle erzählte ihm, wohin er fahren sollte. Sie mussten ein kleines Dorf finden, mit nicht mehr wie fünf Hütten. Er hatte ja nur die zehn Männer.

Lange fuhren sie an der fremden Küste entlang, bis sie das richtige Dorf gefunden hatten. In einer kleinen Bucht standen fünf Hütten und daneben ein paar Ställe. Die Boote waren nicht da, also waren die Männer sicher zum Fischfang draußen. Das würde die Gegenwehr berechenbar machen. Erik zeigte auf das Dorf und Olaf nickte „Leichte Beute" dachten beide. Erik holte sein Schwert hervor und das war das Zeichen für alle, ebenfalls die Waffen unter den Ruderbänken hervor zu ziehen. Der Wind schob das Boot direkt in die Bucht hinein.

Erik übernahm das Ruder, er zeigte auf die Hütten und rief seinen Männern zu „Was ihr wollt, das nehmt euch. Wer sich wehrt, der sei unserem Schwert verfallen. Doch wer sich ergibt, den sollt ihr schonen. Schließlich wollen wir später vielleicht noch mal zurückkommen." „Ja, so sei es!" riefen die anderen. Dann nahmen sie ihre Äxte, Schilde und Schwerter in die Hand. Knirschend berührte der Bug den Sandstrand. Die Männer sprangen aus dem Boot und stürmten die Hütten. Zwei Bauern, die sich mit Mistgabeln wehren wollten, wurden niedergemacht. Erik schaute, wo er seine Beute finden würde. Ein langer schwarzer Zopf, der gerade in einer Tür verschwand, war für ihn ein Zeichen und er rannte los.

Erik stürmte in das Haus hinein. Die hastig zugeworfene Tür hielt seinem Tritt nicht stand. Holz splitterte und es krachte, als die Holztafel in den Raum flog. Die beiden Frauen fuhren erschrocken herum „Mutter und Tochter." dachte er, so ähnlich waren sie sich. Die Tochter hatte lange schwarze Zöpfe und war sicher keine siebzehn Jahre alt. Erik sah die Angst in ihren Augen und schnappte sich ihre Hand. Mit einem Ruck hatte er sie, dank jahrelanger Übung, über die Schulter geworfen und drehte sich wieder um.

Fast wäre er mit Olaf zusammen geprallt, der nach ihm in das Haus stürzte. Ein kurzes nicken und sie gingen aneinander vorbei. Nur diese Frau brauchte er, als Tauschobjekt für den Wirt, der Rest der Beute war ihm egal. Die junge Frau strampelte, schrie und schlug um sich, doch sein stahlharter Griff hatte noch nie eine Beute wieder losgelassen. Zielgerichtet ging er zum Schiff zurück, als sie mit dem Knie eine seiner Rippen traf. Nun musste er ihr erst mal zeigen, worum es hier wirklich ging.

Er warf sie auf den Boden, so dass sie auf dem Rücken liegen blieb und nach Atem rang. Er legte seine Hand um ihren Hals und drückte den Kopf der Frau fest auf den Boden. Immer weiter strampelte sie. Mit der anderen Hand zog er sein Messer und setzte es auf ihren Hals. Die Frau erstarrte augenblicklich und ihre Augen wurden vor Angst noch größer. Mit einer kurzen Bewegung schnitt er oben in das Kleid, legte das Messer weg, nahm die andere Hand vom Hals und zerriss ihr zuerst das Kleid dann das Unterkleid. Nun betrachtete Erik seine Beute. Sie war gut gebaut. Kleine straffe Brüste und breite Hüften. Eine weiße Haut leuchtete ihm entgegen, auf der ein schwarzer Flaum zwischen ihren Schenkel wuchs. Der Wirt würde sicher Gefallen an ihr finden. Was aber nun? Er musste ihr noch zeigen, wer von nun an das Sagen haben würde, aber er konnte sich nicht rühren. Er sah den Körper der Frau mit Maras Gesicht vor sich.

Er kniete vor ihr und nun war er es, der erstarrt war. Aber auch die Frau nutzte die Gelegenheit zur Flucht nicht, sie lag einfach vor ihm. Olaf kam mit seiner Beute gelaufen und sah den Freund. Er ließ seine Beute neben ihm fallen und legte seine Hand auf die Schulter des Freundes. Erik stand auf und Olaf schlug seine Jacke hoch. Da er, wie sie alle, kein Mittelteil an der Hose trug, ragte seine Erregung fast sofort nach oben. Nun begann die Frau zu strampeln, doch Olaf ließ sich auf sie fallen. Dann beendete der Freund, was Erik angefangen hatte. Erik stand daneben und schaute auf das Meer hinaus. Die Schreie der jungen Frau drangen nur ganz leise an sein Ohr. Wenig später lag sie, an Händen und Füßen gefesselt, in eine Decke gehüllt, im Boot vor seinen Füßen. Das Ruder in der Hand, den Blick auf den Horizont gerichtet, sah er vor sich seine Männer, die mit den Riemen das Boot durch die Brandung ruderten. Der Heimat entgegen. Mara entgegen!

Ein paar Tage später legten sie wieder im heimatlichen Fjord an. Erik löste die Fesseln des Mädchens, stellte sie auf die Beine und band ihr die Hände vor dem Bauch mit einem langen Strick zusammen. Er zog sie hinter sich her, so wie man eine Ziege zum Markt führte. Der Wirt stand vor der Schänke. Er hatte das Eintreffen des Bootes gesehen und wartete darauf, was ihm Erik so mitgebracht hatte. Als die beiden Männer voreinander standen schaute sich der Wirt sorgfältig das Mädchen an. Das Kleid der Frau war zerrissen, wurde aber von einem Strick zusammengehalten. Trotzdem gab es aber genug von ihrer Figur frei. Er nickte und ging in die Schänke. Wenig später kam er mit Mara zurück und sagte zu ihr „Du gehörst nun Erik." dann ergriff er die Schnur des anderen Mädchens und zog sie hinter sich her in die Hütte.

Erik sah Mara an und sagte „Du bist nun frei." dann küsste er sie. Aus der Schänke drangen die Schreie des Mädchens und die Beiden vor dem Haus standen Hand in Hand. Alles um sie herum war ihnen im Moment egal. Nie wieder würde Mara einen Fuß in diese Schänke setzen, in das Bad sicher. Aber dann als freie Frau und nicht mehr als Sklavin. Sie war in seinen Augen versunken und konnte sich nicht lösen.

Dann zog er sie an der Hand von der Hütte weg. Zusammen gingen sie den Dorfweg entlang zu Eriks Haus hinauf.

13. Kapitel

Ein neues Boot

Vor dem größten Haus des Dorfes, das an einer zentralen, erhöhten Stelle stand, blieb Erik stehen und sah Mara an. „Wenn wir jetzt diese Schwelle überschreiten, so bist du meine Frau." sagte er und sah Mara in die Augen. Daran hatte sie bis gerade eben noch nicht gedacht. Sie schaute in seine Augen und dann auf die Schwelle. Ein kleines Brett nur, aber dennoch eine fast unüberwindliche Hürde. Mara schluckte. Gerade eben hatte sie noch im Bad gearbeitet, die Männer in der Schänke bedient. Keine hundert Schritte war das her. Nun war sie frei und dabei, einen gewaltigen Satz in der Dorfhierarchie nach oben zu machen.

Gerade noch als rechtlose Sklavin und gleich, hinter der Schwelle, nur einen Schritt entfernt, die Frau eines Bootsführers. Fast das höchste, was man als Frau werden konnte. Immer noch schluckte sie und konnte kein Wort sagen. Sie sah an sich herunter. Das kurze Kleid, das nur bis zu den Knien ging, war das einzige, was noch an die Zeit als Sklavin erinnerte. Natürlich war sie schon auf dem Weg bis hierher eine freie Frau gewesen, Erik hatte es ja gesagt, doch nun? Eine Ehefrau? Wieder sah sie in seine Augen und versank darin. Schließlich nickte sie.

Zusammen machten sie diesen Schritt. Sie stand in der großen Hütte direkt hinter der Schwelle. Es war etwas dämmrig und dennoch konnte Mara die Größe des Raumes sehen. Er war sicher noch größer als der Schankraum. Es musste der größte Raum im ganzen Dorf sein. Eriks Boot hätte gerade so hier hinein gepasst. Sie stand einfach nur da und staunte. Für einen Moment dachte sie daran, dass sie von diesen Menschen eigentlich noch nicht viel wusste. Sie hatte nur sie Gespräche im Bad und in der Schänke belauscht. Doch was wusste sie von ihnen? Was wusste sie von Erik? Nicht viel. Sie musste noch viel lernen. Und das musste sie unbedingt nachholen, jetzt wo sie ja dazu gehörte. Ein paar Männer waren in dem Raum und am anderen Ende saß ein grauhaariger Mann auf einem Stuhl. Er hörte sich die Sorgen und Nöte der Menschen an und urteilte.

Es war Harald, der Stammesführer, schon oft hatte Mara in den Gesprächen im Bad von seiner Kraft und Weisheit gehört. Aber gesehen hatte sie ihn noch nie. Sie sah wieder auf ihr kurzes Kleid und fühlte sich nicht passend angezogen, um vor den Führer des Stammes zu treten. Erik hatte es offensichtlich bemerkt und sagte „Ich schenke dir ein neues und nun komm." er zog Mara hinter sich her an den anderen Menschen vorbei. „Vater, das ist Mara, meine Frau." sagte er, als er vor Harald stand.

Die Frau zuckte zusammen, als hätte sie einen Keulenhieb erhalten. Harald war Eriks Vater! Das hatte sie nicht gewusst! Sie verbeugte sich tief vor dem Mann, der aufstand und vor sie trat. Er legte seine Hand auf ihren Kopf und sagte „Willkommen in meiner Familie." Mara erhob sich und er schaute ihr in die Augen. Er hatte dieselben, wie sein Sohn. Von der Farbe des Meeres. Dann redete er noch mit Erik, aber davon hörte sie schon gar nichts mehr. Sie schaute diesen Mann einfach nur an. Er hatte einen grauen Bart und war für sein Alter, er musste schon weit über sechzig Jahre alt sein, noch sehr kräftig. Seine Muskeln konnte sie zwar nicht sehen, aber sie hatte seine Kraft gespürt, als er sie berührt hatte. Erik zog sie zum hinteren Teil der Hütte, wo er wohnte.

Während sein Vater weiter Gericht hielt, zeigte Erik seiner Frau die ganze Hütte. Die Küche, wo schon zwei Frauen etwas kochten, und danach den Schlafraum. Mara sah das Bett und ließ sich hinein fallen. Die letzten zwei Jahre hatte sie auf der harten Bank mit Uta geschlafen und nun hatte sie wieder ein weiches Bett, das sie von nun an mit Erik teilen würde. „Da meine Mutter schon vor Jahren gestorben ist, stehst du nun dem Haushalt vor. Alle Frauen unterstehen dir." sagte Erik und wieder verschlug es Mara den Atem.

Konnte sie das? Bis vor ein paar Augenblicken, draußen vor der Hütte, war alles noch so klar gewesen. Sie diente und wollte auch Erik dienen. Aber nun sollte sie entscheiden. „Bleib hier. Ich kümmere mich um mein Boot." sagte Erik, gab ihr einen Kuss und war auch schon nach draußen gegangen. Mara lag immer noch im Bett. Am liebsten wäre sie jetzt eingeschlafen, doch sie stand auf und ging in die Küche helfen. Die Frauen sahen sie zwar komisch an, sicher dachten sie nur „Die Herrin hilft in der Küche?", akzeptierten sie aber dann.

Das Boot hatte gute Fortschritte gemacht. Die Beplankung war fast fertig und die Halterung für den Mast hatten die Männer in seiner Abwesenheit auch schon angefertigt. Olaf zeigte ihm das Boot und Erik war sehr stolz auf seine Männer. Nun sollte er den Drachenkopf am Bug befestigen und auch das gelang ihm ohne Probleme. Noch ein paar Tage für den Ausbau des Inneren des Bootes und sie würden es zu Wasser lassen können. Erik fuhr mit der Hand über die Planken, die mit Stricken fest miteinander verbunden waren. Abgedichtet mit Werg würde das Ganze stark und dennoch flexibel sein.

Er klopfte den Männern anerkennend auf die Schulter. Genauso hatte er sich das Boot vorgestellt. Ein paar Frauen gingen vorbei und Erik dachte an sein Versprechen mit dem Kleid. Er übergab die Aufsicht an Olaf und ging zu einem der Händler, die ihr Kontor nicht weit vom Hafen hatten. Wenig später hatte er Kleid und Unterkleid für seine Frau gefunden und gekauft. Schnell ging er wieder heim und fand Mara mit seinem Vater in der Küche im Gespräch. Die beiden saßen am Tisch und redeten über Fischsuppe. Er gab ihr die Kleider und Mara verschwand kurz zum Umziehen.

Schon oft hatte sie solche Kleider in der Hand gehabt, wenn sie den Frauen im Bad beim Entkleiden geholfen hatte. Doch dieses hier war nun ihr eigenes. Sie zog sich das Unterkleid an, streifte das Kleid über und zog die Schnüre über der Brust zusammen. Einen Gürtel gab es auch dazu, den sie sich um die Hüften legte. Das kurze Kleid aus der Schänke, das sie nun zwei Jahre getragen hatte ließ sie achtlos liegen. Sie drehte sich mit dem Kleid und ging danach zurück in die Küche. Die beiden Männer nickten „Viel besser." sagte Harald und lächelte sie an.

14. Kapitel

Immer Westwärts

Am ersten Abend ihrer Ehe war Mara einfach im weichen Bett eingeschlafen. Das war zwar nicht das, was sich Erik davon versprochen hatte, doch sie hatten ja noch so viele Nächte vor sich. Als der neue Morgen anbrach, wachte die Frau auf und sah in Eriks schlafendes Gesicht neben sich. Sie stand leise auf und zog sich nur das Unterkleid an. Als sie den Raum verlassen wollte, erwachte ihr Mann. „Wohin willst du?" fragte er verschlafen. „In den Fjord, zum Schwimmen." antwortete sie leise, um niemanden zu wecken. „Ich komme mit." sagte der Mann und stand auf. Erik wollte nun jeden Moment, den er noch hier im heimatlichen Dorf war, mit ihr verbringen. Schon bald würde es auf große Fahrt gehen.

Zusammen, Hand in Hand, liefen sie zum Fjord hinunter. Als sie hinein springen wollte, fragte er „Bringst du es mir bei?" sie hatte schon vermutet, dass er, wie viele andere Seeleute auch, nicht schwimmen konnte und nickte. Ihr war schon aufgefallen, dass eigentlich nur die kleinen Kinder sich in das Wasser trauten. Und das auch nur höchstens bis zur Hüfte. Vielleicht war sie ja die einzige im ganzen Dorf, die Schwimmen konnte. Mara ging an eine flache Stelle und stieg hinein. Erik folgte ihr vorsichtig. Die Frau zeigte ihm wie sie schwamm und er machte es nach. Am Anfang schluckte Erik noch Wasser, aber schon bald hatte er begriffen, wie es ging. Noch bevor die Arbeiter zum Schiff kamen, mussten die Beiden wieder aus dem Wasser sein und sie schafften es gerade so. Lachend in Unterwäsche rannten sie zur Hütte zurück.

Nach dem Frühstück ging der Mann wieder zu seiner Baustelle. Die ersten Axthiebe hatte er schon aus der Ferne gehört. Noch vor Ende der Woche würden sie sicher mit dem Boot fertig sein. Die letzten Bretter wurden angebracht und Erik teilte einem jeden seiner Männer schon an Land seinen Platz im Boot zu. Das Rudern konnten sie erst auf dem Wasser üben. Bisher hatte jeder immer mit zwei Riemen gerudert, aber dafür war das neue Boot einfach zu breit. Die Beiden, die ab jetzt immer nebeneinander saßen, mussten immer im selben Rhythmus bleiben. Immer Schulter an Schulter. Daher suchte sie Erik der Größe nach aus. Immer zwei gleichgroße und gleichstarke Männer standen so schon bald nebeneinander. Sie würden ab sofort Ruderbrüder sein. Im Kampf und im Schiff unzertrennlich. Sie musste denken wie ein Mann und handeln wie einer. Davon hingen das ganze Unternehmen und ihrer aller Leben ab.

Wie geplant wurde das Boot fertig gestellt. Als die Farbe endlich trocken war ging es wie ein Lauffeuer im Dorf herum, dass das neue Boot in das Wasser sollte. Das wollte sich keiner entgehen lassen. Zu lange hatte sie alle das Boot entstehen sehen, vom ersten Balken bis jetzt zum letzten Brett. Ein Schiff war gerade auf einer Handelsreise und diese Männer würden sich bestimmt später erzählen lassen, wie dieser Tag ausging. Von diesem Moment hing ab, ob im Dorf weiter mit den alten, kleinen Boote gefahren wurde, oder mit den neuen großen, so wie das von Erik. Schwamm es, und war es schnell, so war alles gut. Doch wenn es nicht schnell genug sein würde, so wäre der Spott der Menschen ihm gewiss gewesen.

Das ganze Dorf hatte sich am Morgen am Schiff versammelt. Erik und Olaf gaben von beiden Seiten das Kommando und die dreißig Männer hoben das Boot an. Langsam und gleichmäßig trugen sie es die wenigen Schritte bis zum Fjord, wo sie es ins Wasser gleiten ließen. Harald klopfte seinem Sohn auf die Schulter, als das Boot im Wasser schwamm. Alle jubelten ihm zu und auch Mara strahlte ihren Mann an, sie hatte ein neues Kleid extra dafür angezogen. Es war weiß mit einem roten, breiten Saum. Sie hatte es sich erst am Vortag bei einem Händler gekauft. An dem Gürtel hing ein Beutel Münzen und ein kleiner Dolch. Eine lange rote Schleppe gehörte auch dazu, sie war zwar etwas unpraktisch, aber für diesen feierlichen Moment hatte sie diese trotzdem mitgenommen. Erik gab das Kommando und alle stiegen vom Anleger aus, zu dem sie das Boot gezogen hatten, hinein. Die Ruderer nahmen Platz und ein jeder konzentrierte sich. Schließlich wollten sie sich nicht vor dem ganzen Dorf blamieren.

Schnell zog das Boot durch das Wasser. Es war größer und schwerer, als die alten Boote, aber auch viel schneller. Zum Schluss ließ Erik das Segel setzen und der auffrischende Wind schob das immer schneller werdende Schiff durch den Fjord. Schließlich drehte er um und wenig später liefen sie unter Jubelrufen in den kleinen Hafen ein. „Morgen brechen wir auf." rief Erik seinen Männern und allen anderen Anwesenden zu.

Den Rest des Tages verluden sie Wasser, Wein, Butter, Trockenfisch und all das, was sie sonst noch an Verpflegung für einen Monat brauchten. Eine große Zeltplane und Decken für die Nacht packten sie auch ein. Die Plane würden sie in der Nacht, wenn sie schlafen sollten, über das Deck spannen. So waren sie vor den Widrigkeiten des Wetters geschützt. In den alten Booten war für solch einen Luxus kein Platz gewesen. Ein jeder Schlief auf seiner Ruderbank in seinen Mantel gehüllt. Doch im neuen Boot war eben alles anders und besser. Es war auch vorn und hinten viel mehr Platz für die Beute, die sie sich erhofften. Zum Tagesende trafen sich alle zum Abschied in der Schänke. Der Abend wurde lang und danach feierten alle bei ihren Frauen den Abschied.

Am Morgen gab es so manche Träne beim Aufbruch. Aber keine der Frauen begleitete ihren Mann zum Schiff. Sie wollten durch ihre Traurigkeit nicht die Männer belasten. Schließlich sollte die ja mit einer guten Beute zurückkommen und da wäre das das falsche Zeichen, wenn sie losfuhren. Mit kräftigen Ruderschlägen glitt das Boot in den Fjord hinein.

Mara sah von ihrer Insel aus zu, wie das Schiff auf seine lange Fahrt ging. Für die nächsten vier Wochen wären die Männer auf der See und ein tränenreicher Abschied von seiner Frau wäre sicher das letzte, was Erik vor seinen Leuten haben wollte. Das musste Mara akzeptieren.

Immer weiter westwärts schob der Wind das Schiff aus dem Fjord und dann über das Meer.

15. Kapitel

Reiche Beute

D iese erste Fahrt musste beweisen, dass Erik Recht gehabt hatte, ein solch großes Boot zu bauen. Wenn sie sonst immer fast drei Tage unterwegs gewesen waren, um an den Stränden im Süden Beute zu machen, so erreichten sie im Westen das ferne Ufer bereits am zweiten Tag. Nun segelten sie an der Küste in südlicher Richtung entlang und schauten sich das Ufer von der Seeseite aus an. Waren zuerst nur Felsen zu sehen, an denen sie nicht anlanden konnten, so änderte sich dieses Bild schon bald.

Bereits zwei Tage später hatten sie ein kleines Dorf gefunden, wo sich ein Überfall sicher lohnen würde. Aber die Beute dieses ersten Angriffes war nur mäßig. Erik schaute in die mürrischen Gesichter seiner Männer und was er darin sah, war nichts Gutes. So eine lange Arbeitszeit, um das Boot zu bauen, und so eine kleine Beute? Das konnte doch nicht wahr sein. Auch im nächsten Dorf war die Ausbeute nicht so groß, wie sie sich erhofft hatten. Die wütenden Männer ließen keinen der Bewohner am Leben und Erik wagte nicht, sich dem Zorn der Männer entgegen zu stellen. Zu leicht hätte es auch ihn treffen können. Wo war nun die große Beute, die er ihnen versprochen hatte?

Nachdem sie fast eine Woche die Küste hinunter gesegelt waren, sie schliefen in der Nacht in kleine Buchten, da das Segeln in der Nacht so dicht an der Küste zu gefährlich war, erreichten sie eine kleine Stadt. Eigentlich war das für sie als Ziel schon fast zu groß, sie waren ja nur mit dreißig Männern unterwegs und in einer Stadt wohnten sicher genauso viele, vielleicht gab es dort sogar bewaffnete Kämpfer, doch der Mut der Verzweiflung ließ sie einfach nach vorn stürmen. Es gab wirklich ein paar Bewaffnete, doch der Anblick der axtschwingenden Männer trieb die zehn Soldaten in die Flucht. Ohne den Versuch zu machen, sich zu wehren, warfen sie ihre Waffen weg und verschwanden, so schnell sie laufen konnten, im nahen Wald.

Schutzlos ließen sie die Stadt zurück und nun gab es für die Nordmänner kein Halten mehr. Wer sich ergab wurde geschont, doch wer sich wehrte, der fiel unter den Schwertern und Äxten der Männer. Der Überfall dauerte nicht lange, sie wollten kein Risiko eingehen, es hätte ja sein können, dass einer der geflohenen Kämpfer mit Verstärkung zurück kommen würde, und so waren sie schon wenig später mit ihrer Beute wieder auf dem Schiff. Auch ein Fass Wein fand seinen Weg und damit feierten sie am Abend, in einer kleinen Bucht, ihren großen Erfolg. Noch zwei solche Überfälle und ihr Boot wäre voll beladen, dann konnten sie wieder heimwärts segeln.

Weiter südlich wurden die Städte immer größer und hier konnten sie es nicht riskieren an Land zu gehen. Hätten sie ein zweites Schiff gehabt, so wäre es möglich gewesen. Mit hundert Mann würde ein Angriff gelingen, aber mit dreißig gegen genauso viele bewaffnete und erfahrene Kämpfer? Da war das Risiko des Scheiterns viel zu groß. Sie wollten ja schließlich alle wieder nach Hause kommen und bisher war das Glück ihnen hold gewesen. Es gab bei ihnen nur kleinere Verletzungen und die meisten davon hatten sie sich durch Unfälle auf dem Boot zugezogen, nicht eine davon im Kampf. Ein paar blaue Flecke mal ausgenommen. Nachdem die Städte im Süden immer größer wurden, überlegten sie schon, ob sie nicht doch wieder in den Norden zurück fahren sollten, wo die kleinere Stadt ja sicher noch für einen zweiten Angriff genug Beute hergeben konnte, als die Götter ihnen ein Zeichen schickten, in Form von Glockenläuten, dass weit über das Meer hinaus zu hören war.

Das Boot folgte dem Geräusch der Glocken, wie ein Wolf der Blutspur eines verletzten Rehes. Auf einer kleinen, dem Festland vorgelagerten, Insel sahen sie das Gebäude stehen. Es war das optimale Ziel für einen Angriff. Ein Kloster. Nur unbewaffnete Mönche, fernab jeder Hilfe vom Festland und zu holen war da auch immer etwas. Schon oft hatte Erik mit den Männern des anderen Dorfes Klöster überfallen, sogar schon welche auf der anderen Seite dieses Landes, wo es auch viele Klöster gab, aber nun war dieses hier an der Reihe. Vielleicht hatten sie Glück und es war noch nicht ausgeplündert worden. Die Männer legten sich in die Riemen und mussten bei vollkommener Windstille das letzte Stück rudernd zurücklegen.

Mit jedem Schlag der Riemen wurde das Kloster größer, schließlich setzte das Boot auf dem Sandstand, nicht weit vom Eingangstor, auf. Als die Eingangstür unter den Axtschlägen in tausend Teile zersprang bemerkten die Männer, dass sie noch ein viel größeres Glück gehabt hatte. Es war ein Nonnenkloster! Kreischend liefen die Frauen weg, doch so einer Beute konnte keiner der Männer wiederstehen. Ein Haus voller Jungfrauen war fast zu schön für die Männer und so fielen sie über die schutzlosen Frauen her. Die Mauern des Gebäudes hallten von den Schreien der Frauen wieder, an denen sich die Männer vergingen. Sogar im Altarraum der Kirche stürzten sie sich auf die Nonnen, die dort betend Schutz gesucht hatte. Doch die Gebete wurden nicht erhört. An diesem Tag waren die nordischen Götter stärker, als der eine Gott, zu dem die Frauen hier beteten.

In diesem Altarraum gab es auch eine Menge mitzunehmen. Und während einige der Männer noch ihrem Vergnügen folgten, begannen andere, unter Eriks Leitung, alles aus dem Haus zu tragen, was auch nur in irgendeiner Form wertvoll aussah. Goldene Kelche, Kreuze, selbst die Rahmen von zwei Bildern brachen sie ab. Auch eine kleine Heiligenfigur fand so ihren Weg auf das Schiff. Schließlich ließ Erik das Horn zum Aufbruch blasen und nachdem alle Männer wieder auf ihren Plätzen waren, ruderten sie schnell in die offene See hinaus. Das Schiff lag nun durch die Beute so tief im Wasser, dass die Bordwand keine drei Handbreit über der Wasseroberfläche zu Ende war. Bei schwerem Wetter würden sie so nicht fahren können, doch Olaf hatte eine Idee. Er ließ die Schilde der Männer zwischen den Riemen befestigen und so waren sie wenigstens vor dem Spritzwasser und der Gischt der Wellen geschützt.

Im hinteren Bereich betete Erik still zu seinen Göttern, dass sie nicht in einen Sturm kommen würden, denn den würde das schwer beladene Schiff wohl nicht aushalten können. Aber alles ging gut und schon ein paar Tage später konnten sie im heimatlichen Hafen anlegen.

Das Boot hatte sich gut bewährt und die gewaltige Beute sprach für sich.

16. Kapitel

Frauen unter sich

ie Schatten wurden länger und die Dunkelheit senkte sich langsam auf das Dorf herab. Mara saß vor der großen Versammlungshalle auf einer Bank und ihr Blick glitt über die Hütten des Dorfes. Erik war schon wieder auf Beutezug und damit war sie für die dreißig Frauen und Familien der Männer verantwortlich, die mit ihm dort draußen waren. Zusammen mit Gerda, der Frau von Olaf, leitete sie alle Fragen und Nöte, soweit sie diese nicht selber lösen konnten, an Harald weiter.

In den letzten Wochen, seit sie mit Erik zusammen war, und damit auch mit ihrer Freiheit, hatte sie viel Zeit gehabt, um über dieses Volk nachzudenken. Immer wieder verglich sie ihr früheres Leben mit dem jetzigen und dabei konnte sie manchmal nur mit dem Kopf schütteln. Hier war so vieles anders. Sklaven hatte sie früher nicht gekannt und hier war es üblich, sich ihrer zu bedienen. Sie hörte das Rufen aus der Schänke und dachte an die Männer, die sie früher dort bedient hatte. Diese nahmen es mit der ehelichen Treue nicht so genau. Wenn sie nicht gerade auf Beutezug waren und dort den Frauen nachstellten, taten sie es hier in Schänke und Badehaus genauso zügellos.

In den Jahren im Bad hatte sie mehr als einmal erlebt, dass die Männer mit ihren Frauen in das Badehaus kamen und dann die Frauen zusahen, wie sie oder Uta ihren Männern auf der Bank, keine drei Schritte entfernt, zu Diensten sein mussten. Den Frauen schien das nichts auszumachen. Das kam Mara seltsam vor und sie hätte das nicht gekonnt. Auch lebten sie hier immer noch so, wie ihr Volk früher. Ihre Großmutter hatte Mara einst erzählt, dass auch sie die alten Götter noch verehrt hatte, lange bevor der Gott der Franken kam, den sie jeden Sonntag in der Kirche anbeteten. Dort, in Sachsen, in ihrem Dorfe, da waren sie alle gleichberechtigt bei der Arbeit. Männer und Frauen arbeiteten zusammen, die Männer waren ihren Frauen treu. Die Frauen sowieso.

Hier waren die alten Zeiten noch lebendig und ihre Großmutter hätte sich bestimmt wohlgefühlt. Es gab dutzende von Göttern und Mara konnte sie nie auseinander halten. Vielleicht würde es ihr irgendwann mal gelingen und so stellte sie sich vor, dass der weißbärtige Odin und der Frankengott vielleicht ein und dieselbe Person waren. Andere Namen in verschiedenen Sprachen. Oft betete sie an der Holzfigur, die ihn darstellte. Harald trat hinter ihr durch die Tür der Halle und setzte sich zu ihr. Die Weisheit des Alters hatte ihn erkennen lassen, wie wichtig die Frauen für den Fortbestand ihres Dorfes waren, nicht wie die Jugend, die nur den Kämpfer ehrte.

Bei den anderen Männern war das noch nicht so bewusst zur Erkenntnis gekommen. Für sie waren Frauen, die eigene Frau mal ausgenommen, nicht viel Wert und so behandelten sie diese oft auch. Mara musste seufzen, als sie an ihre Zeit im Badehaus dachte. Harald legte ihr seine Hand auf die Schulter und sie lehnte ihren Kopf an ihn an. Schweigend saßen sie einfach so da und lauschten in die Nacht. Die Rufe nach Wein aus der Schänke unterbrachen oft die Stille und plötzlich stimmte einer ein Lied über die See an. Schwermütig summte Harald mit. Einst war er selbst mit auf See gefahren, doch nun überließ er das seinem Sohn.

Die Frau erhob sich und betrat die Hütte, zwei Bedienstete räumten darin auf und sie ging den beiden Frauen schnell zur Hand. Als sie sich umdrehte stand Harald lächelnd hinter ihr und verschwand danach in seinem Zimmer. Wenig später lag auch Mara in ihrem Bett und versuchte einzuschlafen, doch die leere Seite, auf der sonst Erik schlief, ließ sie keinen Schlaf finden. Sie setzte sich auf und dachte nach, was ihr Mann wohl im Moment gerade machte. Zweifel schlichen in ihr hoch, ob dieses Leben das Richtige für sie war. Doch schnell tat sie diese wieder ab. Es war ein Unterschied, was Erik dort draußen tat und was er hier machte. Das hatte sie schon gelernt.

Sie lauschte in die Stille der Nacht und hörte das Schnarchen von Harald. Der am anderen Ende des Ganges schlief. Es gab ihr irgendetwas beruhigendes, nicht alleine in dem Haus zu sein. Sie lehnte sich zurück und legte ihren Kopf gegen die Wand. Schließlich schlief sie im Sitzen ein und träumte von Erik und wie er sie bald wieder in den Arm nehmen würde. Von seinen Augen und dem Abschiedskuss. Im Traum spürte sie seine Hände auf ihrem Körper. Sie wachte auf und seufzte über das leere Bett. Schlaflos ging sie im Haus umher, bis sie wieder in ihr Bett fiel und weiter schlief. Es war das Los der Frauen, einen großen Teil des Jahres auf die Männer zu verzichten.

Am nächsten Morgen, nach dem Schwimmen im Fjord, beschloss sie, wieder mal in das Badehaus zu gehen. Bis zu diesem Tag hatte sie es vermieden, sich dem Gebäude auch nur zu nähern. Sie steckte sich ein paar Goldmünzen ein und ging den Weg zu dem Haus hinunter. Bevor sie das Bad betreten durfte, musste sie erst die geforderten Münzen an den Wirt übergeben, der sie dann einließ und klingelte. Sie sah in den Augen des Mannes, dass sie für ihn immer noch nicht viel mehr Wert war, als damals, als sie noch seine Sklavin gewesen war. Nur sein Respekt, oder die Angst, vor Erik hinderte ihn vermutlich daran, sich auf sie zu stürzen.

Endlich stand sie vor dem großen Holzbottich und wartete auf Uta. Es dauerte ein paar Augenblicke, bis zuerst ein schwarzhaariges Mädchen und danach Uta den Raum betraten. Mara begrüßte die Freundin und ließ sich dann von ihr entkleiden und mit der Kräutertinktur den ganzen Körper einreiben. Dabei unterhielten sie sich wie früher, als sie noch gleichgestellt waren. Das andere Mädchen stand schweigend daneben. Uta erzählte, dass Gabriella, so hieß das Mädchen, das als Ersatz für Mara gekommen war, ihre Sprache noch nicht sprach.

So war es für Gabriella nur noch viel schlimmer hier in der Gemeinschaft. Sie konnte die Gäste nicht verstehen und machte dadurch Fehler. Vor zwei Wochen hatte sie auch noch, aus Versehen, einen Krug Bier über einen Gast geschüttet. Die Antwort des Wirtes waren ein paar Peitschenhiebe gewesen, deren Wunden noch immer nicht richtig verheilt waren. Mara dankte allen Göttern, das ihr dies in der Zeit, die sie hier gearbeitet hatte, erspart geblieben war. Mit einem Schaudern schaute sie auf die Peitsche an der Wand.

Uta verstummte plötzlich mit ihrer Erzählung und Mara sah im Umdrehen auch den Grund. Ein Pärchen, beide etwa neunzehn Jahre alt, hatten das Badehaus betreten. Gabriella begann die Beiden zu entkleiden, während Mara aus der Wanne stieg. Sie spürte den abschätzenden Blick des jungen Mannes auf ihrem Körper. Offensichtlich verglich er sie mit seiner Frau oder Freundin. Mara ließ sich von Uta abtrocknen und beim Anziehen helfen.

Während Mara das Bad gerade verlassen wollte sah sie aus dem Augenwinkel, wie der Mann Gabriella zur Bank zog. Schnell ging Mara aus dem Haus. Nun würde sie öfters zu Uta gehen. Auch wenn der missmutige Blick des Wirtes noch eine ganze Weile an ihr hing und sie ihn im Rücken spüren konnte, wie einen, auf sie abgeschossenen, Pfeil.

17. Kapitel
Eine große Bitte

N un waren schon wieder vier Jahre vergangen, seit Mara mit Erik zusammen gezogen war. Mara hatte ihren Sohn, der gerade erst drei Monate alt war, auf den Knien und spielte mit ihm. Ihre zweijährige Tochter krabbelte zu ihren Füßen umher. Als sie so auf ihren Sohn herunter sah, dachte sie an Hans, den sie einst genauso auf den Knien gehabt hatte, viele Jahre war das nun schon her. Sie richtete ihren Blick auf die Schänke, die sie praktisch immer sah, wenn sie auf dieser Bank vor dem Haus saß. Noch immer war er beim Wirt beschäftigt, bisher war es ihr nicht gelungen, Erik davon zu überzeugen, ihn aus dieser Sklaverei freizukaufen.

Sie selbst hätte zwar nun das Geld dafür gehabt, doch der Wirt würde Hans ihr nie geben. Schließlich war er ihr noch immer nicht wohlgesonnen. Und eine Frau war in seinen Augen nichts Wert, nie würde er mit einer auch nur einen Handel erwägen. Erik setzte sich zu ihr und spielte mit seinem Sohn. Er war so stolz auf seine Frau und diese versuchte sein Wohlwollen für diesen Wunsch zu nutzen. Könnte er ihn ihr, in Anbetracht seines Sohnes, einfach so verwehren? Sie versuchte einfach ihr Glück, was hatte sie zu verlieren? Nicht viel, aber Hans konnte eine Menge dabei gewinnen.

Mara legte den Kopf schräg und begann „Könntest du nicht Hans vom Wirt freikaufen? Er ist jetzt vierzehn Jahre alt und du könntest ihn mit auf große Fahrt nehmen." dabei schlug sie die Augen nieder und sie wusste, dass er diesem Blick nur schwer widerstehen konnte. Erik überlegte eine ganze Weile und sie sah wie er in Gedanken das Für und Wider abwägt. Schließlich nickte er und sie gab ihm einen Kuss. Noch eine Weile saß Erik so da und überlegte weiter, dann stand er auf und ging in das Haus zurück. Wenig später brach er auf und Mara schaute ihm hinterher.

Keine hundert Schritte entfernt kniete Hans gerade im Bad und schrubbte den Boden. Das tat er besonders gern, wenn Gabriella gerade dort Dienst hatte. Im Moment war das Bad leer und nichts war zu tun. Die nächsten Gäste würden sicher erst in einer Stunde kommen. Die Frau saß auf einem Hocker und kämmte sich ihr langes Haar. Leider verstand sie immer noch nicht viel von der Sprache, die hier gesprochen wurde. Hans hatte da bei Uta mehr Glück gehabt. Sie hatte ihm alles beigebracht. Jetzt fluchte er schon in der fremden Sprache, wenn er sich auf den Daumen gehauen hatte.

Manchmal dachte er noch an die Schwester, die so nah war und doch genauso weit entfernt war, als wäre sie auf der anderen Seite des Meeres. Für den Wirt waren die Schweine wertvoller als er, das wusste Hans und er blickte zu der Peitsche hinauf, die drohend immer über ihm hing, wenn er hier im Badehaus war. Er hatte damals mit ansehen müssen, wie der Wirt damit Gabriella bestraft hatte, weil diese einen kleinen Fehler gemacht hatte. Die Schreie der Frau hatte er noch tagelang in den Ohren gehabt, und das wollte er nie an sich erleben.

Nun kniete er direkt vor der Frau und schaute zu ihr hinauf. Er sagte ihren Namen, damit sie sich umdrehte und aus dem Weg ging. Sie stand auf, sah zu ihm herunter und trat, wie beabsichtigt, zur Seite. Die schwere Arbeit hatte Hans stark werden lassen und er war sehr groß für sein Alter. Er fühlte sich schon als Mann und doch lebte er weiter bei den Schweinen.

Würde sich das jemals ändern? Er wollte zur See fahren. Nicht in die ferne alte Heimat, sondern als Mann auf Beutezug, wie die Männer, die er jeden Abend aus der Schänke hörte, wenn er bei den

Schweinen im Stall lag. Gabriella trat einen weiteren Schritt zur Seite, als Hans weiter hinter ihr her schrubbte, dabei stieß sie mit dem Arm gegen den Weinkrug, der auf einem kleinen Schränkchen stand. Mit einem dumpfen Geräusch zerplatzte das Gefäß auf dem Fußboden. Die Frau erstarrte vor Angst und sah zur Peitsche hinüber, die ihr nun sicher war.

Der Wirt stürzte wütend in den Raum und sah den zerbrochenen Krug. Hans stand auf und sagte „Es tut mir leid." weiter kam er nicht. Der Wirt ging auf ihn los, riss ihm das knielange Hemd vom Leib und ging die Peitsche hohlen. Da Hans, wie viele Männer im Sommer, nur die Beinlinge getragen hatte und den Mittelteil der Hose weggelassen hatte, stand er nun fast nackt da. Er erwartete die bestrafenden Schläge auf seinen Rücken oder das Hinterteil, doch Uta kam in das Badehaus und holte den Wirt, weil er Gäste in der Schänke hatte.

Der Mann fluchte, hing die Peitsche zurück, schlug mit der Hand zu und Hans ging zu Boden. Zornig rannte der Wirt wieder hinaus. Im Gehen rief er „Du wirst deine Strafe noch bekommen!" Die Eile des Wirtes hatte ihm die Peitsche erspart, vorerst zumindest, denn nun stand er sicher unter besondere Beobachtung des Mannes. Noch immer stand Gabriella wie erstarrt im Raum. Nur schwer hatte sie verstanden, was da gerade passiert war. Außer dass die Peitsche ihr durch Hans erspart geblieben war.

Sie half Hans auf und gab ihm einen Kuss. Er erwiderte ihr diesen Kuss, der immer länger wurde. Schließlich zog sie ihn zu der Bank und brachte ihm das bei, was er bei Uta noch nicht gelernt hatte.

Später stand er als richtiger Mann bei seinen Schweinen und dachte an die Frau, dabei lächelte er. Er ließ wieder seinen Blick zu den Booten am Anleger schweifen. Wie gerne wäre er dort einmal mitgefahren, doch als Sklave konnte man da nur einsteigen, wenn man woanders hin verkauft werden sollte. Dann sah er Erik, der ein junges Mädchen an einem Strick hinter sich her zur Schänke zog. Wenig später kam er ohne diese Frau zu Hans und sagte „Du bist frei. Komm bitte mit." Der Junge konnte es kaum fassen und doch war er wenig später bei seiner Schwester, die ihn in Freiheit umarmte.

Nach sechs Jahren war er frei und konnte nun zur See fahren. Bestimmt nahm ihn Erik bei der nächsten Fahrt mit auf sein Boot.

18. Kapitel

Schiffsjunge auf großer Fahrt

rik hatte eine ganze Weile überlegt gehabt. Da er den Wirt schon kannte, und auch dessen Vorlieben, hatte er von einem Händler eine junge Sklavin erworben und diese, sowie einen Beutel Goldmünzen, gegen Hans getauscht. Er hatte ihn mit nach Hause genommen und Mara war dem Bruder, und natürlich ihrem Mann, glücklich um den Hals gefallen. Da der Junge noch keine Erfahrung auf See hatte, musste er sich diese nun erst erwerben. Auf sein Boot konnte er ihn nicht mitnehmen. Zu unerfahren war der Junge und Erik hätte nur schlecht seinen Männern erklären können, warum er ihn mit auf das Drachenboot nahm.

Aber bei dem Händler war ihm eine Idee gekommen. Hans konnte auf dem Schiff des Händlers alles lernen, was es zur Seefahrt zu lernen gab. Der Mann brauchte auf seinem Lastschiff immer eine starke Hand und so wurde Hans, nach ein paar Tagen Ruhe in ihrem Zuhause, Schiffsjunge bei dem Händler.

Die schwere Arbeit war er gewohnt, doch nun würde er zur See fahren können. Ein paar Tage würde es noch dauern, bis der Händler aufbrechen würde und doch schlief Hans schon auf dem Schiff. Es war ein ganz neues Gefühl, die schwankende Ruhestadt unter sich zu haben. Zwar waren im Fjord nicht sehr große Wellen zu erwarten, aber der Wind bewegte das Schiff doch ein bisschen und in dieser Dünung ließ es sich herrlich träumen von den Abenteuern auf See.

Mara war glücklich, dass es Hans nun gut ging und er nicht mehr in der Schänke arbeiten musste. Sie strahlte ihren Mann an und gab ihm einen Kuss, wann immer dafür eine Gelegenheit war. Von der

Bank aus, auf der sie immer abends saß, konnte sie das Schiff direkt vor sich liegen sehen. Der Abstand zu ihrem Bruder war zwar etwas größer geworden, aber nun fühlte sie, dass er frei war.

Hans hatte sich zwar ein anderes Schiff vorgestellt, aber er konnte Erik verstehen. Erst zweimal war er auf See gewesen, einmal mit dem Vater und danach, als Paket verschnürt, nach dem Überfall. Da konnte man noch nicht von Erfahrung sprechen. Das Schiff des Händlers war groß und breit, aber dafür nicht so schnell, wie die Kaperschiffe, die Drachenboote, neben denen es am Anleger lag. Es war für große Lasten gebaut und nicht für schnelle Fahrten. Dieses Schiff nannten die Männer Knorr. Ob es der Name des Schiffes, oder der Typ war wusste Hans nicht. Er nannte es einfach genauso und es war ja auch egal. Hauptsache es schwamm.

Eine Kabine gab es auch und unter dem Halbdeck einen großen Stauraum vorn. Die Mitte war offen für die Ladung. Vorn schlief auch die Mannschaft, wenn sie unbeladen im Hafen waren. Sie waren hier zu fünft an Bord und teilten sich die Arbeit. Die Männer hier an Bord der Knorr waren bei Fahrten verletzt worden und konnten nicht mehr die Kraft für die Überfälle und das Rudern aufbringen, doch hier auf diesem Schiff wurde nicht gerudert, nur gesegelt. Es gab gerade mal zwei Ruder und die wurden nur für die ersten paar Schiffslängen nach dem Steg benutzt, danach leistete der Wind die ganze Arbeit. Was natürlich den Nachteil hatte, wenn mal kein Wind wehte. Aber da die Lastschiffe immer nur an der Küste entlang fuhren, war das nicht ganz so gefährlich, wie bei den Drachenbooten, die auf die offenen See hinaus fuhren.

Bereits hier in der Bucht hatte sich Hans alles an Bord so gut eingeprägt, wie es nur ging. Auf der See draußen musste jeder Schritt, jeder Griff sitzen. Einen Fehltritt konnte sich niemand an Bord leisten. Wer in das Wasser fiel, der war verloren. Keiner konnte schwimmen und es hätte auch selbst in Küstennähe nichts genutzt, es zu können, da die Ufer hier oft so steil waren, dass man direkt vor der Küste hätte ertrinken können, ohne das rettende Ufer erklimmen zu können.

Am Tage vor der Abfahrt begannen sie all die Waren zu verladen, die der Händler woanders tauschen oder verkaufen wollte. Von Sonnenaufgang bis Sonnenuntergang schleppten sie Kisten, Ballen und Säcke vom Lager des Händlers, das sich in der Nähe der Schänke befand, an Bord, die unter Anleitung des erfahrensten Mannes verstaut worden. Sven, der diese Verantwortung übernahm, war schon fast sechzig Jahre alt. Einst hatte er hier noch als Fischer gelebt, bevor es die Drachenboote gab. Viele Fahrten hatte er in seinem Leben gemacht und kannte jeden Stein hier im Fjord. Der Mann hatte schon graue Haare und einen langen grauen Bart, der ihm etwas Großväterliches gab, doch Sven hatte die Schläue im Genick und der Schalk glitzerte in seinen Augen. Niemand konnte ihm etwas vormachen und selbst Erik hätte sicher von ihm noch etwas lernen können.

Der Junge achtete auf alles, was Sven machte oder sagte. Alles war mit Bedacht getan und keine seiner Bewegungen war unnütz. Wenn Sven sagte „Die Kiste ein Stück nach links." dann hatte er im Kopf schon die Lastenverteilung des Schiffes durchgerechnet. Der Tag zog Hans die Arme lang und machte den Rücken krumm, aber am Abend holte der Händler seine Mannschaft in die Schänke, um mit ihnen auf eine erfolgreiche Fahrt anzustoßen.

Es war das erste Mal, dass Hans an einem der Tische saß, bisher hatte er sie nur sauber machen dürfen. Uta und Gabriella bedienten und der Wirt funkelte ihn zornig an, schließlich schuldete Hans ihm noch einen Krug. Den würde er ihm von seinem ersten Geld bezahlen und damit würde es dann hoffentlich auch gut sein. Er sah Gabriella auf sich zukommen und bestellte einen Krug Bier. Schließlich war er ein Mann und wollte als Mann feiern. Schnell brachte sie ihm mit einem Lächeln das Getränk. Wäre er nicht so müde von der Arbeit gewesen, so hätte er sie sicher auf seinen Schoß gezogen, doch so lächelte er nur zurück. Das Bier war stark und schon nach dem ersten Krug hatte er genug. Die schwere Arbeit forderte ihren Tribut.

Sven hatte ihn auf das Schiff getragen und zwischen zwei Säcke so gelegt, dass er nicht herunter fallen konnte. Hans erwachte erst, als das Schiff schon den Fjord verlassen hatte. Es ging südwärts auf seine erste Reise. Von Fjord zu Fjord, von Hafen zu Hafen. Tauschen, Handeln, aus- und einladen.

Sicher würden sie viele Wochen auf See sein und mit Sven hatte er einen guten Lehrmeister.

19. Kapitel

Auf in den Kampf

Die Knorr legte im Hafen an. Vier Jahre war Hans auf dem Schiff gefahren, oder besser vier Sommer, denn im Winter konnten sie, wegen des vereisten Fjordes, nicht hinaus. In dieser Zeit hatte er alles von Sven gelernt, was es zum Fahren auf der See brauchte. Er konnte die Wolken lesen, den Wellen zuhören und aus dem Flug der Möwen den Kurs bestimmen. Er wusste wie man bei Nacht und schlechter Sicht den Kurs hielt, aber nun musste er einen anderen Weg gehen.

Für einen jungen Mann von achtzehn Jahren war die Knorr nicht das richtige Schiff. Die Drachenboote würden nun für die nächsten Jahre sein Zuhause sein. Sven verabschiedete ihn mit einem Hände-druck und direkt gegenüber legte in diesem Moment Erik mit seinem Boot an. Hans drehte sich zu dem Boot und wartete, bis Erik auf dem Anleger stand. Aber noch bevor Hans etwas Fragen oder Sagen konn-te, trat Sven zu Erik und sagte „Ich habe hier einen jungen Krieger, der das Zeug zum Bootsführer hat. Bitte nimm dich seiner an. Alles, was er von mir lernen konnte, hat er gelernt.“ dann schob er Hans nach vorn.

Erik musterte ihn und schätzte ab, wie Hans in sein Boot passen würde. Vielleicht schätzte er auch Größe und Kraft ein, um ihn best-möglich einzusetzen. Dann nickte Erik, gab Sven die Hand und rief nach hinten „Thorben“. Ein älterer Krieger, der genauso groß wie Hans war, richtete sich im Boot auf und kam auf den Steg. „Hans das ist Thorben. Er wird dein Ruderbruder sein. Von nun an lernst du von ihm. Mache alles, was er macht, egal was es ist.“ Hans gab dem ande-ren die Hand und nickte. Nun war er Teil der Besatzung eines Dra-chenbootes.

Erik sprang noch einmal in das Boot und kam mit einer Axt zurück. Er drückte dem jungen Mann das Werkzeug, was zugleich auch Waffe war, in die Hand und sagte dann zu Thorben „Du weißt Bescheid?" der Mann nickte und holte ebenfalls seine Axt. Zusammen mit Hans ging er zur ehemaligen Schiffsbaustelle. Unterwegs erzählte er „Uns ist unterwegs eine Planke gebrochen. Wir müssen sie vor der nächsten Ausfahrt ersetzen."

Er sah sich um und schätzte die Größe der Stämme ein. Nachdem er drei davon angehoben hatte, hatte er den Richtigen gefunden. Thorben war kein Mann großer Worte, aber ein Meister an der Axt. Jeder Hieb saß und schon bald hatte das Brett die nötige Größe. Zufrieden nickte er und gab es Hans. Am Schiff zurück setzten sie es ein. Es hatte sogar die richtige Krümmung und passte so genau, dass die Axtklinge nicht dazwischen gepasst hätte. Wieder hatte Hans etwas gelernt.

Bereits am nächsten Tag lief das Schiff wieder aus und Hans segelte seinem ersten Kampf entgegen. Wie es Erik gesagt hatte, machte er auf dem Schiff alles so wie sein Nebenmann, als wäre er Thorbens Schatten. Er saß direkt vor Erik und war sich sicher, dass der diesen Platz nicht zufällig für ihn ausgesucht hatte. Ein Stück mussten sie auch Rudern, als auf See mit einem Mal Flaute war. Sie wurden so eingeteilt, dass immer die eine Hälfte ruderte und die andere sich ausruhte. Die Ruderbänke hatten dafür kleine Markierungen. Jeweils eine, oder zwei Kerben an der Seite und Erik rief nur entweder „Eins.", dann ruderten die mit einer Kerbe, bis er „Zwei." rief und die anderen ruderten.

Das machten sie eine ganze Weile und Hans war noch nie solange gerudert. Er war froh, als der Wind auffrischte und sie mit dem Segel weiter fahren konnten. Schon nach ein paar Tagen hatten sie das westliche Festland erreicht. Wieder segelten sie an der Küste nach Süden und raubten, was immer ihnen in die Finger fiel. In einer kleinen Stadt versuchten sich die bewaffneten Bewacher der Stadt den Männern entgegen zu stellen. Eigentlich hatte ihr schlechter Ruf bisher dafür gesorgt, dass alle sofort flohen, diesmal jedoch nicht.

Doch wie hatte Erik bei Beginn der Fahrt gesagt? „Wer sich wehrt, der sei unserem Schwert verfallen." bei Hans dann eher der Axt, denn er hatte nur diese und ein Messer. Zusammen mit Thorben ging er gegen vier Bewaffnete vor. Diese hatten Schwerter, Schilde, Kettenhemd und Helme, doch es nützte nichts. Hans trug nur seine normale Lederjacke, die zwar etwas dickeres Leder war, aber eben kein Kettenhemd, seinen hölzernen Schild und die schwere Axt. Wohin er aber damit schlug, da hielt nichts stand. Auch Kettenhemden nicht, wie die Bewaffneten leidvoll bemerken mussten.

Unter seinen Schlägen waren schon zwei gestorben, als einer Thorben mit dem Schwert am Bein traf und Hans seinem Ruderbruder zur Seite sprang. Ein Hieb mit der Axt, und das Schwert fiel, zusammen mit dem abgetrennten Arm, zu Boden. Der Letzte der Kämpfer warf Schwert und Schild weg und versuchte zu fliehen, doch er konnte der geworfenen Axt nicht entgehen, die ihn in den Rücken traf. Mit einem der Schwerter in der Hand sah sich Hans um, doch der Kampf war entschieden. Auf ihrer Seite gab es ein paar Fleischwunden, auf der anderen Seite gab es keine Überlebenden.

Hans holte seine Axt und mit dieser und einem der erbeuteten Schwerter in der Hand, sowie Thorben, den er stützte, in der anderen, ging er zum Schiff zurück.

Erik hatte alles mit angesehen und klopfte ihm anerkennend auf die Schulter. Es wurde Zeit ihn zum Bootsführer auszubilden und schon auf der Rückfahrt wurde Hans Rudergänger. Ein bisschen Hilfe, beim Kurs halten und finden, brauchte er zwar noch, schließlich hatte er noch nie ein so großes Boot gesteuert, und die Knorr hatte sich im Ruder und unter Segeln auch ganz anders verhalten, doch er stellte sich offensichtlich ganz gut an. Erik und Olaf blieben aber immer in seiner Nähe und so konnten sie die See überqueren.

Am Ende der Fahrt war nur eine ganz kleine Kurskorrektur nötig, doch Erik schlug ihm wieder anerkennend auf die Schulter. Auf eine Entfernung von drei Tagesreisen hatte er sich nur um ein paar hundert Schiffslängen verrechnet.

Als das Boot in den Fjord einlief und danach am Anleger festmacht ernannte Erik ihn nun auch offiziell zum Rudergänger. Da Thorben wahrscheinlich länger ausfiel, machte er sich auf die Suche nach zwei neuen Männern. Voller Stolz trug Hans das erbeutete Schwert an seiner Seite und zeigte damit, dass er nun ein mutiger Kämpfer war.

20. Kapitel

Zwei Boote

Wieder hatte ein Sommer begonnen. In diesem Jahr wollten sie wieder mit der geballten Kraft der beiden Boote auf Kaperfahrt gehen, während zwei weitere in der heimatlichen Bucht gebaut wurden. Erik hatte mehr wie hundert Männer zusammen gerufen, die mit ihm auf Seefahrt gehen würden. Er hatte bisher immer für fette Beute gesorgt und so hatte er kein Problem gehabt, jeden freien Platz in seinen Booten zu besetzen. Sie waren nun auch viel mehr Männer hier am Fjord. Die Gemeinschaft war gewachsen und nun fast doppelt so groß, wie noch ein paar Jahre zuvor.

Hans würde am Ruder des einen und Thorben an dem des anderen Bootes stehen. Konsequent hielt Erik am Prinzip der Ruderbrüder fest. Nur eine Fahrt war der Freund durch seine Verletzung ausgefallen, danach war er wieder zur See gefahren. In all den Kämpfen der letzten Jahre hatten die beiden Männer Seite an Seite gekämpft. Geruht, geschlafen, gehungert und die Siege im Gasthaus gefeiert. Hans und Thorben handelten gleich, dachten gleich und verstanden sich auch über große Entfernungen blind. Sie handelten wie ein Mann, auch wenn sie getrennt waren. Sie dachten mit einem gemeinsamen Verstand und das würde dafür sorgen, dass die beiden Boote zusammen an das ferne Ziel und wieder zurück in die Heimat fanden.

Jedes Boot würde zweiunddreißig Ruderer, die Schiffsführer, die Rudergänger und jeweils noch vierzehn Ersatzmänner aufnehmen. Die Rudermannschaften konnten somit in drei Schichten auch weite Strecken gerudert zurücklegen, falls der Wind lange Zeit ausbleiben würde. Die Vorräte, die Erik verladen ließ, würden für die Zeit eines

Mondes reichen. Für die Rückfahrt würden sie sicher gute Beute machen können.

Eines Morgen, kurz nach Sonnenaufgang, glitten die beiden Boote hintereinander durch die spiegelglatte Wasseroberfläche des Fjordes. Von ihrer kleinen Insel aus schaute Mara den Männern, und vor allem ihren Mann im Bug des vorderen Schiffes, hinterher. Der gleichmäßige Ruderschlag der Männer hinterließ eine Wellenspur hinter den Booten. Eriks Boot mit Hans am Ruder zog die Spur, während das andere, mit Thorben am Steuer, in einem kleinen Abstand hinter ihm herglitt. Genau so weit entfernt, dass es nicht im Sog schaukelte, aber noch in dessen Fahrwasser fuhr.

Seinen Blick auf den sich öffnenden Horizont vor dem Fjord gerichtet stand Erik am Bug seines Bootes und gab die Richtung mit beiden Händen für Hans an. Der seine Augen wie gebannt auf den Rücken des älteren Anführers gerichtet hatte. Immer wieder musste er die Richtung wechseln, um Hindernissen auszuweichen, die Erik an der Kräuselung des Wassers vor dem Schiff erkannt hatte. Manche Felsen waren nur Handbreit unter der Wasseroberfläche verborgen und manchmal schrammte eines der Ruder an einem verborgenen Stein vorbei.

Endlich hatten sie die offene See erreicht und das zweite Boot zog auf dieselbe Höhe wie Eriks Boot. Die Segel wurden gesetzt und die Ruder eingezogen. Nun hatte der Wind das Kommando und Erik hörte am Geräusch des Segels, wenn es Zeit war, für eine Kurskorrektur. Gegen Abend wurde er unruhig und dies übertrug sich fast sofort auf jeden in den Booten. Jeder wusste, was das bedeutete. Ein Sturm war im Anmarsch und ohne dass Erik auch nur ein Wort sagen musste, wurde schon alles verzurrt und gesichert. Der Anführer ließ seine Augen über die See wandern.

Die Nase im Wind stellte er sich den Weg des Sturmes vor. Wolken, Wind und Wellenkronen setzten sich in seinem Kopf zu einer Wetterkarte zusammen. Er zeigte mit der Hand nach Steuerbord und schon schwenkte das Boot in diese Richtung. Der Abstand zwischen den Booten wurde vergrößert, so dass sie nicht im Sturm aufeinander prallen konnten. Eigentlich war das fast die einzige Gefahr, die sie zu fürchten hatten. So im Sturm aus einer Wand von Gischt aufzutauchen und ein anderes Boot direkt vor sich zu haben, war das Schlimmste, was ihnen passieren konnte.

Noch vor Sonnenuntergang verfinsterte sich der Himmel und nun peitschte ein Sturm so sehr gegen das Segel, dass sie es einholen mussten und rudernd ihren Weg fortsetzten. Das gab den Männern auch etwas zu tun und lenkte sie so auch noch ab. Ein düster gesungenes Ruderlied erklang und wurde immer lauter gegen die schon bald brüllende See angesungen. Voller Elan zogen die Männer die Ruder durch und schoben das Boot gegen die folgenden riesigen Wellenberge. Immer mehr Wasser klatschte in das Schiff und wurde von den überzähligen Ruderern mit Eimern wieder über Bord geschaufelt. Jeder Mann war an seinem Platz mit einem Seil fest mit dem Schiff verbunden, aber auf ein Kommando würden sie, um eventuell die Lage des Schiffes zu stabilisieren, auch sofort alle nach hinten laufen können. Denn jeder war sich bewusst: wenn das Schiff unterging, so waren sie alle verloren.

Erik war an das Vorschiff gebunden und der Drachenkopf befand sich direkt über ihm. Hans hatte Mühe den Mann zu sehen und auf seine Handzeichen zu reagieren. Das Brüllen des Sturmes und das Singen der Männer vermischten sich zu einem unvergleichlichen Lied des Meeres. So, wie sie es seit undenkbaren Zeiten sangen. Mit einem Krachen stürzte der Mast zwischen sie und wurde sofort gesichert. Niemand war verletzt worden und auch das Lied war nicht einen Augenblick verstummt. Kein Schreck war den Männern anzumerken.

Bisher hatte der leere Mast als eine Art von Gegenpol gedient und dem Schiff zusätzliche Stabilität verliehen, doch nun, da er am Boden des Schiffes lag, warfen die Wellen das kleine Boot etwas heftiger umher.

Nur ein kleiner Haufen Holz, von Stricken und kräftigen Männerhänden zusammengehalten, inmitten der tosenden See. Das war ihr Zuhause. Jeder kannte das Schiff, das sie mit ihren eigenen Händen gebaut hatten. Jedes Ächzen, jede Bewegung sprach zu den Männern und gab ihnen Anweisungen, die Erik ihnen nicht zu geben brauchte.

Als sich dann endlich der Mond zwischen den dahin rasenden Wolken zeigte, wussten sie, dass der Sturm bald enden würde. Immer größer wurden die Wolkenlücken und das Lied der Männer wurde in demselben Maße lauter, wie der Sturm an Kraft verlor. Schließlich war die See wieder so glatt, dass sich die Scheibe des Mondes sogar darin spiegelte. Nun segelten sie wieder, der Mast war notdürftig geflickt und ein Stück kürzer, aber der Wind griff trotzdem in das Segel.

Wenig später glitt ein dunkler Schatten von der Seite auf sie zu. Das zweite Boot hatte sie in den Weiten des Meeres ohne Probleme wiedergefunden. Thorben und Hans sei Dank, dachte sicher nicht nur Erik und schlug seinen Männern einem nach dem anderen anerkennend auf die Schulter, bis er neben Hans am Heck stand. Die beiden Männer reichten sich die Hand. In dieser Nacht beschloss Erik nicht nach Westen, sondern nach Süden zu fahren. Zu den Küsten, an denen sie schon lange nicht mehr gewesen waren.

21. Kapitel

Gefährten und Beute

Sie waren weit nach Süden gefahren, bis Erik eine breite Flussmündung sah. Für sich selbst beschloss er, dass sie dort hinein fahren würden und so gab er Hans das Zeichen, damit dieser das Ruder zum Ufer zu einschlug. Ohne Segel, nur durch die Kraft der Ruder angetrieben, glitten die beiden Boote den Fluss entlang. Die freien Männer, die nicht mit dem Rudern beschäftigt waren, hielten nach allen Seiten nach Beute Ausschau, aber bisher war außer zwei kleinen Fischerhütten direkt an der Mündung eines kleinen Baches nichts zu sehen gewesen und diese Hütten waren kein lohnendes Ziel für die Männer gewesen.

Immer weiter fuhren sie auf dem Fluss entlang und schliefen in der Nacht an den Ufern in ihren Zelten. Die hundert Männer waren in der Nacht nicht besonders leise, sondern feierten schon ihren Sieg und die sicherlich große Beute. Doch wer würde es schon mit solch einer schlagkräftigen Truppe aufnehmen? Fast niemand konnte sich ihnen entgegenstellen und es hätte sicher einer zehnfachen Übermacht bedurft, um sie zu überwinden. So war in der Nacht immer ein Drittel der Männer wach und das war in dieser Zeit mehr, als so mancher Stamm an Bewaffneten überhaupt bereitstellen konnte.

Hans schlief im Boot. So wie Thorben, der fast Seite an Seite mit ihm lag, da die beiden Boote aneinander gebunden am Ufer lagen. Lange hatten sie sich noch am Abend über die Bordwand hinweg unterhalten, bevor Hans schließlich die Augen zugefallen waren. Die beiden Rudergänger wechselten sich beim Schlafen ab, so dass immer einer von ihnen die See im Blick halten konnte. Das Schaukeln der beiden Boote machte die Männer schläfrig, doch einer musste immer wachsam bleiben. Würden sie die Boote verlieren, so müssten sie an

Land versuchen sich zur See durchzuschlagen, um dort ein neues Boot zu bauen, und das konnte einige Zeit dauern. So war es an den beiden Männern, das Wertvollste zu bewachen, was die hundert Männer hatten: die Drachenboote.

Mitten in der Nacht berührte etwas die Schulter von Hans und er schreckte auf. Thorben hatte ihn über die Bordwand hinweg die Hand auf die Schulter gelegt und zeigte nun auf einen dunklen Schatten auf dem Fluss, nur ein paar Bootslängen entfernt. Im fahlen Licht des Mondes schauten die beiden Männer über das Wasser. Etwas stimmte da nicht. Die Richtung, in die sich der Schatten bewegte, war falsch. Wind und Wasser hätten den Schatten, wenn es ein Baum oder etwas ähnlich Schwimmendes wäre, eigentlich in die andere Richtung, zum Meer hin, treiben müssen. Doch der Schatten kam auf sie zu. Mit dem Schwert in der Hand erwartete Hans im Heck seines Bootes die Angreifer, während Thorben zum Ufer zu leise die Männer alarmierte. Es konnte ja auch eine sich bietende Beute, wie ein Handelsschiff oder etwas ähnliches sein. Auch wenn die für gewöhnlich nicht in der Nacht fuhren.

Ohne ein Geräusch dabei zu machen, besetzte die Hälfte der Wache das Boot und wartete, zum Sprung bereit, dass der Schatten sich ihnen weiter näherte. Noch war kein Laut gefallen und nun konnte Hans ein braunes Segel sehen, dass sich vor dem langsam heller werdenden Horizont abhob. Es war ein Handelsschiff und es fuhr unmittelbar an ihnen vorbei. Fast auf Sprungweite für einen Mann. Offensichtlich bewegte sich das Schiff in Ufernähe durch das Wasser, was auf einen ziemlich erfahrenen Schiffsführer hindeutete. In dieser Dunkelheit wäre nicht einmal Erik so kühn gewesen, sein Schiff loszumachen und am Ufer entlang zu fahren.

Als die Bordwand des Handelsschiffes das Boot fast berührte, sprangen die Männer, und mit ihnen Hans, mit einem Schrei hinüber und überraschten so die vor Schreck erstarrte Schiffsbesatzung des Handelsschiffes. Nach nur ein paar Augenblicken und einem kurzen Handgemenge hatten sie das Schiff in ihrer Gewalt. Es waren nur fünf Männer und eine Frau an Bord. Niemand war verletzt worden, wenig später saß die Besatzung des Schiffes, nun gefesselt und verängstigt, an Bord von Eriks Boot, während die Männer alles Wertvolle von dem Handelsschiff holten und auf den beiden Booten verstauten.

Der Führer des anderen Schiffes, ein bärtiger alter Mann, und eine junge Frau, anscheinend dessen Tochter, von etwa achtzehn Jahren, saßen gefesselt direkt vor Hans und schauten ihn an. Er hatte die Frau an Bord des anderen Schiffes zu fassen bekommen und hier herüber gezogen. Im Lichte der gerade aufgehenden Sonne sah er die Angst in den Gesichtern der Beiden vor ihm. Es war nicht nur der Schreck, sondern auch die Angst vor dem, was die Nordmänner wohl mit ihnen anstellen würden. Das nun leere Handelsschiff trieb mit der Strömung den Fluss wieder zurück, nachdem sie es abgestoßen hatten, und die anderen aufgewachten Männer betrachteten die ansehnliche Beute, die ihnen so unerwartet des Nachts in die Hände gefallen war.

Nach dem Sonnenaufgang brachen die Hundert wieder auf. Weiter ging die Fahrt auf dem Fluss und die Gefangenen mussten mit. Gefesselt saßen sie im hinteren Teil des Bootes, bis Erik entschied, die Männer über Bord zu werfen. Sie fuhren aber dafür extra nah an das Ufer heran, so dass die Männer sich retten konnten. Nur die Frau blieb an Bord, Hans schritt ein, als einer sie auch über Bord werfen wollte. Für den fremden Schiffsführer fuhren sie kurz an das Ufer und setzten ihn, aus Respekt für seine seemännische Leistung, auf dem Trockenen ab.

Hans fesselte die Frau direkt vor seinem Platz. Da sie seine Beute war, achtete Hans gut auf sie und da er als Rudergänger immer beim Schiff bleiben musste, würde sie auch seine einzige Beute bei diesem Raubzug bleiben. Natürlich würde er am Ende der Fahrt seinen Anteil von der Gesamtbeute erhalten, doch während sich die anderen Männer noch etwas dazu rauben konnten, würde das für ihn nicht so einfach werden.

Er schaute in ihre ängstlichen Augen und dachte daran, dass einst seine Schwester genauso gefesselt vor ihm gelegen hatte. Plötzlich hörte er vertraute Laute „Bitte tue mir nichts." hatte die Frau gesagt. In der Sprache, die Hans schon so lange nicht mehr gehört hatte. „Hab keine Angst. Bei mir bist du sicher." gab er zurück und schaute in ihr erstauntes Gesicht. Sie hatte weder erwartet, dass sie verstanden würde, noch dass er sie beschützte. Hans nickte ihr freundlich zu. „Wie ist dein Name?" fragte er und sie antwortete „Greta." „Du bleibst aber gefesselt, das ist sicherer für dich." sagte Hans und konzentrierte sich wieder auf seine Arbeit.

Die nächsten zwei Wochen fuhren die Boote den Fluss weiter entlang. Je weiter sie kamen, desto reicher wurde die Beute. Hier hatte es noch keine Überfälle gegeben, im Gegensatz zu der fast ausgeplünderten Küste. Reich beladen erreichten sie die offene See wieder und die Fesseln von Greta waren auch nicht mehr ganz so fest gebunden. Eine andere Fessel band Greta und Hans unsichtbar aneinander. Als sie dann wieder die heimatliche Küste erreichten, brachte Hans Greta bei Mara in deren Haus unter. Sie wurde damit seine Ehefrau. Die beiden Frauen verstanden sich sofort gut und Mara war froh, auch wieder in ihrer alten Sprache reden zu können.

22. Kapitel

Ein neuer Stammesführer

Harald war im letzten Jahr immer schwächer geworden. Bei all seinen täglichen Verrichtungen musste er sich nun auf Mara stützen. Eines Abends ließ er sich von ihr auf die Bank vor seiner Hütte führen. Dort sitzend sagte er zu der Frau „Schon bald werde ich meine letzte Fahrt antreten. Dann werde ich an der Tafel der Ahnen sitzen. Mein Ruderbruder Sven wartet dort schon viel zu lange auf mich." ruhig ließ er seinen Blick über den Fjord und die Hütten schweifen. Er wartete sicher nur darauf, dass Erik mit seinem Boot zurückkommen würde. Greta kam zu den Beiden und sagte „Das Essen ist fertig." dann halfen sie dem alten Mann gemeinsam in die Hütte hinein.

Es dauerte noch zwei Wochen, bis Erik zurück war, in dieser Zeit konnte Harald schon nicht mehr die Hütte verlassen. Selbst auf die beiden Frauen gestützt, war er zu schwach dafür und wollte seinen Männern nicht seine Schwäche zeigen. Solange sie in der großen Halle waren, nahm er alle seine Kraft zusammen, doch kaum waren sie allein, wich die Kraft aus seinem Gesicht. Die kräftigen Züge wurden weich und sanft. Als Erik dann endlich vor ihm stand, stemmte er sich alleine und mit letzter Kraft aus seinem Sessel. Er zog sein Schwert und drückte es seinem Sohn in die Hand. Mit den Worten „Meine Zeit ist nun gekommen." fiel er zur Seite um und schloss für immer seine Augen.

Erik beugte sich über ihn und strich ihm über den Kopf, dann erhob er das Schwert und setzte sich auf den Sessel des Stammesführers, während Greta und Mara Haralds Leiche in dessen Zimmer trugen und dort auf das Bett legten. Einige Frauen kamen hinzu und blieben an seinem Lager. Sie stimmten ein Freudenlied an, in dem sie die Siege Haralds besangen und seine Taten vor den Göttern priesen. Die Männer bereiteten inzwischen Haralds altes Boot für dessen letzte Fahrt vor.

.

Nachdem ein paar Tage des Feierns vorbei waren, zogen Greta und Mara Harald seine besten Sachen an. Einige Männer kamen in das Haus und betteten den toten Körper auf ihren Schilden, dann hoben sie ihn an und traten vor die Halle. Eine weißhaarige Frau in einem weißen Kleid, die Mara bisher noch nie in dem Dorf gesehen hatte, und von der Erik leise gesagt hatte, dass sie eine Zauberin aus den Bergen hinter dem Dorf war, ging voran und trug Haralds Waffen in den Händen. Ihr folgten zwei junge Frauen mit Schwertern und Schilden. Daran schlossen sich die Männer an, die Harald trugen und danach ging Erik gefolgt von allen anderen Männern und Frauen des Stammes. Sie alle sangen ein altes Kampflied. Jeder Mann war bewaffnet.

Die alte Frau betrat das Schiff gefolgt von den Männern, die Haralds Leiche trugen und diese auf dem Schiff aufbahrten. Die Männer verließen das Schiff und die beiden jungen Frauen betraten es. Sie stellten sich neben Harald auf und wurden von der alten Frau schnell mit einem Dolch getötet. Nun legte die alte Frau die Waffen zu Harald und stimmte ein Loblied auf die Götter an. Schließlich verließ sie das Schiff wieder und Erik trat vor. Er erzählte von den vielen siegreichen Kämpfen seines Vaters. Zum Schluss machte er das Boot los. Er warf eine Fackel an Bord und stieß das Schiff vom Steg ab.

Langsam trieb es auf den Fjord hinaus und genauso langsam begannen die Flammen das Schiff zu erfassen. Als es endlich mitten auf dem Wasser in Flammen stand, begannen die Männer mit ihren Schwertern, Speeren und Äxten gegen die Schilde zu schlagen. Obwohl es gar nicht geregnet hatte, zeigte sich plötzlich ein Regenbogen über dem Schiff. Ein Jubel machte sich bei den Menschen am Ufer breit. „Harald überquert jetzt die Regenbogenbrücke." rief Erik und zeigte mit dem Schwert auf die Stelle, an der sich Rauch und Regenbogen trafen.

Das Schiff versank in den Fluten und die Menschen am Steg gingen langsam auseinander, bis nur noch Hans, Erik, Greta und Mara dort standen. Zusammen gingen die vier in die Halle zurück, wo nun Erik auch offiziell seine Tätigkeit als neuer Stammesführer übernahm. Nun würde er für immer an Land bleiben. Die Jüngeren würden das Ruder übernehmen und Mara freute sich, dass ihr Mann nun für immer an ihrer Seite blieb.

Am Abend trafen sich alle Männer in den Schänken. Erik und Hans zogen von Schänke zu Schänke. In jeder davon übernahm Erik die Bezahlung der Getränke und brachte einen Trinkspruch aus, für den Vater, der in die Halle der Helden eingezogen war. Es wurden Geschichte über die Tapferkeit von Harald erzählt und auch über die von Erik. Alte Lieder wurden angestimmt und die Götter gepriesen. Jeder dachte an Freunde, die die See oder der Kampf von ihrer Seite gerissen hatten.

Erst mit dem Morgenrot kam Erik wieder bei Mara an. Auf dem Rückweg hatte er fast liebevoll den Drachen am Bug seines Schiffes gestreichelt, das am Steg festgemacht war. Erschöpft aber glücklich fiel er für eine kurze Zeit des Schlafes in sein Bett. Mara ging gerade zum Fjord, um wieder dort zu schwimmen, so wie sie es jeden Morgen getan hatte und so, wie sie es auch weiterhin tun würde.

Da Erik aber so gut wie keine Ahnung hatte, wie er gerecht bei allen Anfragen der Menschen entscheiden sollte, suchte er den Rat seiner Frau. Mara war ja bei fast allen Anfragen, die die Menschen an

Harald gestellt hatten, anwesend gewesen. So hatte sie auch seine Entscheidungen gesehen und vieles davon in sich verinnerlicht. Das hatte nun den Vorteil, dass sie ihrem Mann damit helfen konnte. Immer wenn sich Erik in die Halle auf den Sessel setzte versucht Mara sich so zu stellen, dass sie alles hören konnte und ihr Mann sie im Blick hatte. Oft tat sie irgendetwas, um geschäftig zu wirken, war aber mit all ihren Sinnen bei den Fragen der Menschen.

Die Beiden hatten sich ein paar Zeichen ausgemacht, die Mara ihm geben konnte und so ging das auch ganz gut. Schon bald hatte er so viel Selbstvertrauen gewonnen, dass er nur noch selten den Rat der Frau brauchte und mit jedem Tag wurde er ein besserer Stammesführer. Das Einzige, was ihn störte, war, das er nun nicht mehr zur See fahren durfte. Aber auch in diesem Falle dachte er daran, dass das nun das Privileg der Jugend sein würde. Trotzdem ließ er es sich nicht nehmen, jedes auslaufende Boot persönlich zu verabschieden und den Männern eine gute Fahrt zu wünschen.

23. Kapitel

Glaube und Abschied

ara saß auf der Bank vor der Halle und schaute in die untergehende Sonne. Sie ließ ihren Blick über die Hütten gleiten und dachte daran, dass sie nun schon fast zwanzig Jahre hier war. Sie schaute auf ihre Kinder. Vier Jungen und zwei Mädchen hatte sie. Die jüngste war gerade vier Jahre alt geworden. Mit einem kurzen Pfiff holte sie die Kinder zu sich und zeigte auf die Tür. Die jüngste Tochter wollte noch nicht, doch Mara legte sie sich einfach über die Schulter.

Ihr ältester Sohn war jetzt vierzehn Jahre alt und fuhr in diesem Sommer seine erste Fahrt mit der Knorr. „Was er wohl jetzt gerade in diesem Moment, so fern von Zuhause, macht?" fragte sie sich in Gedanken und schaute noch einmal über die Schulter zurück zum Fjord. Fast wäre sie dabei mit Greta zusammen gestoßen, die gerade, mit ihrer Tochter auf dem Arm, die Halle verließ. Das Baby war gerade mal sechs Wochen alt und Greta wollte noch einmal kurz frische Luft mit ihr Schnappen, damit sie dann hoffentlich diese Nacht durch schlafen würde und die Mutter mal für eine Nacht in Ruhe lassen würde.

Die beiden Frauen begrüßten sich mit einem Kopfnicken, als Mara zur Seite trat, um den Ausgang frei zu machen. Im letzten Jahr waren sie beide gute Freundinnen geworden. Hans war gerade auf See, würde aber in den nächsten Tagen, so es die Götter zuließen, wieder zurück sein. Greta hatte immer noch ihren alten Glauben behalten und so hatte sie sich ein kleines Kreuz in ihr Zimmer gestellt, an dem sie für ihren Mann jeden Abend betete. Mara dachte daran, dass sie ja einst selbst getauft worden war.

Dass sie ihre Tochter hier nicht taufen lassen konnte, machte Greta am meisten zu schaffen. Mit allem anderen hatte sie sich soweit arrangiert. Die fremden Götter waren ihr wirklich fremd und das würden sie sicher noch eine Weile bleiben. Nun setzte sich Greta auf die Bank und wiegte ihre Tochter im Arm. Sie sang ein altes sächsisches Schlaflied und Mara lauschte, immer noch in der Tür stehend, der wohlbekannten Melodie aus alten Zeiten. Wie oft hatte sie dieses Lied damals für ihren Bruder gesungen? Leise stimmte sie ein und so sangen die beiden Frauen gemeinsam in einer Sprache, die Maras Kinder kaum verstehen konnten. Zu selten redete sie mit ihnen in sächsisch.

Maras Tochter begann zu quengeln und die Frau setzte sie auf die Erde. Schnell lief das Mädchen in das Haus hinein, wo der Vater gerade vom Sessel aufstand. Er trat durch die Halle zur Tür und stellte sich neben seine Frau. Auch er schaute auf die ruhig daliegende See. In der Halle hörte Mara ihre Kinder toben. Etwas fiel scheppernd zu Boden. Sie hörte auf zu singen, drehte sich um und scheuchte schließlich die Kinder aus der Halle in ihre Betten. Die Jungen in das eine und die Mädchen in das andere. Endlich war Ruhe in der Halle und nur leise hörte sie Greta im Zimmer nebenan beten.

Als Mara am nächsten Morgen auf ihrer Insel im Fjord saß, sah sie aus dem Morgennebel ein Drachenboot auftauchen. Lautlos schob es sich zum Steg. Die Frau erkannte das Boot ihres Bruders und sprang in das Wasser. Fast zur selben Zeit, als das Boot anlegte, stieg sie auf der anderen Seite aus dem Wasser und zog ihr Kleid wieder an. Dass die fremden Männer sie nackt gesehen hatten, war ihr mittlerweile egal. Zu sehr war sie nun schon in dieser Gemeinschaft aufgenommen. Die frühere Scheu vor der Nacktheit in Sachsen, die auch Greta noch in sich trug, konnte sie schon lange nicht mehr verstehen. Während sie sich die Haare abtrocknete stiegen die Männer aus dem Schiff aus. Der letzte von ihnen war Hans. Mara begrüßte ihn mit einer Umarmung und dann gingen sie zusammen zur Halle, vor der Greta mit ihrer Tochter auf der Bank saß.

Die beiden Eheleute begrüßten sich mit einem Kuss und gingen danach in die Halle hinein, wo Hans bei Erik über die Reise berichtete. Einen Teil der Beute hatten die Männer schon in die Halle gebracht und dort abgestellt. Sie waren sehr erfolgreich gewesen. Greta sah ein goldenes Kreuz und erschrak. Wieder hatten die Männer ein Kloster überfallen. Ein Gebäude, dass ihrem Gott geweiht war. Vorsichtig strich sie über das Kreuz, so als ob sie Angst davor hätte, das massiv goldene Kreuz zu beschädigen. Hans beobachtete seine Frau und ahnte, was sie wohl dachte. Er nahm sie bei der Hand und zog ein kleines Kreuz an einer Kette aus seinem Beutel. Er legte es ihr um den Hals und ging dann mit ihr auf ihr Zimmer.

Greta betrachtete das Kreuz mit gemischten Gefühlen. Einerseits war es ein Symbol ihres Glaubens, andererseits war es vielleicht in einem geweihten Kloster geraubt worden. Vielleicht vom Hals einer Nonne gerissen? Die jetzt vielleicht tot, aber zumindest geschändet war. War dieses Kreuz damit aber nicht entweiht? Sie sah ihren Mann an und er bemerkte den Blick in ihren Augen. „Ich habe es für dich bei einem Händler gekauft." sagte er und sie sah ihn für einen Moment dankbar an, musste dann aber daran denken, wo es wohl der Händler her hatte.

Eine Idee stieg ihr in den Kopf und sie überlegte, wie sie es ihrem Mann beibringen konnte. Aber erst wollte sie eine Nacht darüber schlafen. Greta nahm ihre Tochter und brachte sie zu Mara. Mit einem Augenzwinkern drückte sie das Kind ihrer Freundin in den Arm, dann eilte sie zurück und fiel Hans um den Hals. Nach einem langen Kuss glitt ihr Kleid zu Boden.

Der nächste Morgen war schlauer, als der Abend zuvor. Greta wachte im Arm ihres Mannes auf. Sie strich ihm eine Locke aus der Stirn und weckte ihn damit. Er begrüßte sie mit einem Kuss. Sie nutzte den zärtlichen Moment für ihre Idee und begann „Können wir nicht wieder zurück nach Sachsen?" fragte sie vorsichtig und wartete auf die Antwort ihres Mannes. Er begann zu überlegen und in der Stille des Morgens zogen seine Gedanken immer neue Kreise. Greta glitt nackt aus dem Bett und streifte sich ihr Kleid wieder über, um zu Mara zu gehen und die Tochter wieder zu sich zu holen, bevor die Freundin zum Schwimmen in den Fjord gehen würde.

In der Zwischenzeit hatte Hans alles Für und Wider abgewogen. In einem Jahr würde er sowieso an Land bleiben, weil die Jungen dann sein Boot übernehmen würden. Warum denn dann nicht gleich? Was sollte er dann tun? Sollte er mit der Knorr wochenlang auf Handelsfahrt fahren, wie der alte Sven damals? Hans dachte plötzlich an seinen Vater und das Fischerboot seiner Jugend zurück. So wollte er alt werden! Die See am Tage und nachts die Familie. Er hörte Schritte im Flur und sah zur Tür.

Die Frau betrat mit dem Kind im Arm das Zimmer und er schaute sie dankbar an, weil sie ihm zu einer Entscheidung gebracht hatte. Er nickte Greta zu und stand auf. Er küsste sie, zog sich an und ging zu Erik. Dem Freund erzählte er von seinem Plan und dann erklärte er es auch Mara. Sie nickte verstehend, hatte aber Tränen in den Augen. Ein Abschied für immer kam auf sie und ihren Bruder zu. Wenn das Drachenboot zu seinem nächsten Raubzug aufbrechen würde, dann würden sie nach Hause zurück fahren. Zurück nach Sachsen.

24. Kapitel

Ein Stück Heimat

ie zwei Wochen waren wie im Flug vergangen. Das Boot würde wieder ablegen, zu der fernen Küste Sachsens, doch diesmal würde es dort nichts rauben, sondern etwas hinbringen. Hans und seine kleine Familie. Auch wenn Frauen eigentlich nur als Beute an Bord durften, doch diesmal war es etwas anderes. Greta hatte alle ihre Habseligkeiten zusammen gepackt und in einer Ecke des Zimmers, in zwei Säcken, bereitgestellt.

Am Tage der Abreise trugen Hans und Erik die Sachen zum Schiff, während ihre Frauen, Hand in Hand, ihnen folgten. Greta hatte ihre Tochter in ein Tuch eingewickelt und sich vor die Brust gebunden. Auf dem Steg blieben die beiden Frauen stehen und verabschiedeten sich mit einer tränenreichen, langen Umarmung. Greta stieg in das Boot ein und schaute zurück zum Steg. Hans trat zu seiner Schwester und verabschiedete sich von ihr „Grüß mir die Eltern." sagte sie und umarmte ihn. Dann verabschiedete er sich mit einem Händedruck von Erik.

Mit einem Sprung war Hans im Boot und stellte sich neben seine Frau. „Gute Fahrt!" rief Erik und Hans nickte zurück. Langsam glitt das Boot in die Bucht hinaus. Greta schaute zurück. Ein Jahr war sie hier gewesen, Hans sehr viel länger. Der Mann war nun 28 Jahre alt und schaute ebenfalls auf den Flecken Erde zurück, der für lange Zeit seine Heimat gewesen war. Die Frau stand am Heck. Noch lange winkte sie zurück, selbst als sie das Dorf und Mara schon nicht mehr sehen konnte. Dann forderte ihre Tochter ihre volle Aufmerksamkeit und verlangte nach etwas zu trinken. Diesmal war Hans nur Passagier auf seinem Boot. Immer wieder kribbelte es in seinen Fingern, das

Ruder zu übernehmen, doch er hielt sich zurück. Das war nun die Aufgabe eines anderen Mannes.

Nach drei Tagen kam die Küste in Sicht und die Bucht seiner Jugend tat sich vor Hans auf. Mit vollen Segeln glitt das Schiff zum Anlegesteg, an dem auch ein paar Fischerboote lagen. Die Schilfdächer der Häuser waren deutlich zu erkennen, aber niemand war zu sehen. Fast an derselben Stelle, an der er vor mehr als zwanzig Jahren entführt worden war, stieg Hans nun mit Frau und Kind wieder vom Boot. Er drehte sich zurück und hob die Hand. Die Männer an Bord grüßten noch einmal zum Abschied, dann glitt das Drachenboot nach Westen aus der Bucht.

Da stand er nun. Niemand war zu sehen, kein Laut war zu hören. Alle Bewohner des Dorfes hatten sich vor Angst in die Dünen und den nahen Wald geflüchtet, als sie das Segel gesehen hatten. Nur langsam kamen sie wieder zurück. Auch sein Vater kam zum Haus zurück und Hans erkannte ihn sofort wieder, auch wenn er jetzt graue Haare hatte. Er ging auf den alten Mann zu, der erschrocken auf das Schwert an der Seite des Mannes schaute. Schließlich erkannte die Mutter Hans und lief mit einem Schrei auf ihn zu. Sie umarmte ihn und nun hatte auch der Vater ihn erkannt. Tränen stiegen dem alten Mann in die Augen.

Hans rief Greta zu sich und machte alle miteinander bekannt. Die Mutter winkte zwei Kinder zu sich, die sicher noch keine fünfzehn Jahre alt waren. „Dein Bruder und deine Schwester." sagte die alte Frau und Hans begrüßte seine Geschwister, die vorsichtig hinter der Mutter blieben. Am Abend erzählte Hans von den vergangenen zwanzig Jahren. Er erzählte von Mara und seinen Erlebnissen in dem fremden Land. Von den Seefahrten und seinen Abenteuern auf dem

Drachenboot. Später brachte seine Mutter ihn und Greta in der Hütte unter, wo er müde neben seiner Frau einschlief.

Am nächsten Morgen weckte der Vater Hans vorsichtig, indem er ihm an der Schulter berührte. Sie ließen Greta schlafen und gingen zum Steg. Mit zwei anderen Fischern und dem Fischerboot fuhren sie auf die See hinaus. Hier fühlte er sich erst so richtig Zuhause. Die See war seine Heimat und er saugte den salzigen Duft der Seeluft ein. Es würde sicher ein erfolgreicher Fangtag werden. Er konnte den Fisch schon riechen.

Sie stoppten das Boot und holten das Segel ein. Still lag die See vor ihnen. Mit geübten Griff warf der Vater das Netz aus und schaute zu Hans. Gemeinsam zogen sie das Netz wieder herauf und schütteten die silbern glänzenden Fische in den Laderaum.

ENDE

Zeitliche Einordnung der Handlung:

5800 Steinzeit

Anfang des Buches „Schicha und der Clan des Bären"

Ende des Buches „Schicha und der Clan des Bären"

5500 Steinzeit

400 –

387 Die Kelten fallen in Rom ein

300 –

218 Der karthagische Feldherr Hannibal überquert die Alpen

200 –

100 –

73 Flucht von Spartacus aus der Gladiatorenschule in Capua

71 Tod von Spartacus und Ende des Sklavenaufstandes

55 Expedition Caesars nach Britannien

44, 15. März, Kaiser Caesar wird in Rom ermordet

0 --

9 Niederlage des Feldherrn Varus gegen die Cherusker unter Arminius

34 Anfang des Buches „Das Schwert des Gladiators"

43 Beginn der Eroberung Südbritanniens

50 Colonia (heute Köln) wird zur Stadt erhoben

54 Nero wird römischer Kaiser

54 Anfang des Buches „Die römische Münze"

56 Ende des Buches „Das Schwert des Gladiators"

57 Anfang des Buches „Die Tochter aus dem Wald"

58 große Teile der Stadt Colonia brennen nieder

64 Brand Roms und daraufhin erste Christenverfolgung

68 Aufstände in Gallien und Spanien

68 Selbstmord Kaiser Neros

68 die Bataver, ein germanischer Stamm, erheben sich und belagern Colonia

70 die Stadt Colonia erhält eine acht Meter hohe Stadtmauer

75 Ende des Buches „**Die römische Münze**"

75 Ende des Buches „**Die Tochter aus dem Wald**"

79, 24. August, Ausbruch des Vesuvs und Untergang Pompejis

80 Einweihung des Kolosseums in Rom

85 wird Colonia die Hauptstadt der römischen Provinz Germania inferior

98 Trajan wird römischer Kaiser

100 –

161 Marc Aurel wird römischer Kaiser

200 –

300 –

306 Konstantin der Große wird römischer Kaiser

324 Konstantin bekennt sich zum Christentum und macht dieses zur Staatsreligion

400 –

700 –

764 Anfang des Buches „**In den finsteren Wäldern Sachsens**"

772, im Sommer, Zerstörung der Irminsul

772 Anfang der Sachsenkriege Karls des Großen

782 Blutgericht von Verden (Aller)

783, im Sommer, Gefechte mit Beteiligung sächsischer Frauen

785 Taufe Widukinds in der Königspfalz Attigny

787 Die ersten Überfälle der Nordmänner auf Westeuropa finden statt

790 Überfälle der Nordmänner auf Schottland und Irland

792 letzte größere Erhebungen gegen die Franken

792 Zwangsdeportationen der Sachsen und Neuvergabe von sächsischem Land an fränkische Siedler

793 Überfall und Plünderung des Klosters Lindisfarne durch Nordmänner

795 Überfall von Wikingern auf das Kloster Iona in Irland

799 Beginn der Wikingerüberfälle auf das Frankenreich

796 Karls Belehrung durch seinen Berater Alkuin

797 wurden mit dem Capitulare Saxonicum die Sondergesetze gegen die Sachsen gelockert

800 –

800 Kaiserkrönung Karls des Großen

800 König Godfred von Dänemark gerät im kriegerische Konflikte mit Karl dem Großen

800 erste nordische Siedler auf den Färöern und auf Island

800 Unzählige Angriffe der Nordmänner auf die sächsischen Küsten

802 wurde das sächsische Volksrecht (Lex Saxonum) verabschiedet

802 Ende des Buches „**In den finsteren Wäldern Sachsens**"

804 Ende der Sachsenkriege

805 Anfang des Buches „**Westwärts auf Drachenbooten**"

810 Dänische Wikinger greifen wiederholt die friesische Küste an

814 Tod Karls des Großen

825 Ende des Buches „**Westwärts auf Drachenbooten**"

840 erste Überwinterung der Wikinger im Frankenreich

840 Norwegische Nordmänner überfallen Irland und gründen Dublin

844 Überfälle der Nordmänner auf Spanien

845 Plünderungen von Hamburg und Paris durch die Wikinger

858 Schwedische Wikinger gründen Kiew

889 Wanzleben wird erstmals als Haufendorf erwähnt

900 –

913 Herzog Heinrich von Sachsen stellt ein Ungarisches Heer bei Merseburg

926 Heinrich handelt mit den Ungarn einen zehnjährigen Waffenstillstand für Sachsen aus

937 Otto I. der Große, gründete das St.-Mauritius-Kloster in Magdeburg

938 die Ungarn ziehen erneut gegen die Sachsen

952 Anfang des Buches „**Der Gefolgsmann des Königs**"

955, am 10. August, Schlacht gegen die Ungarn auf dem Lechfeld bei Augsburg

955 Otto beginnt einen großen Neubau des Doms zu Magdeburg.

962, 2. Februar, Krönung Ottos zum Kaiser

968 Beginn des Baues der Burg Wanzleben

980 Ende des Buches „**Der Gefolgsmann des Königs**"

1000 –

1100 –

1142 Heinrich der Löwe wird Herzog von Sachsen

1143 Gründung Lübecks, der ersten deutschen Ostseestadt

1147 Anfang des Buches „**Im Zeichen des Löwen**"

1147 Wendenkreuzzug, dauert als Kreuzzug drei Monate

1152 Königskrönung von Friedrich Barbarossa in Aachen

1155 Kaiserkrönung Friedrich Barbarossas in Rom

1156 Besiedlungszug in Lommatzsch

1157 Gründung des deutschen Kaufmannsbundes

1159 Wiederaufbau Lübecks

1160 Anfang des Buches „**Kaperfahrt gegen die Hanse**"

1160 der slawische Burgwall Dobin, liegt am heutigen Schweriner See, wird zerstört

1160 Lübeck erhält das Soester Stadtrecht

1160 Gründung der Kaufmannshanse

1161 Vermittlung eines Handelsprivilegs an die Stadt Lübeck durch Heinrich den Löwen

1161 Gründung der Gotländischen Genossenschaft als Vorstufe der Hanse

1162 Kloster Altzella, bei Nossen, wird gegründet

1163 Ende des Buches **„Im Zeichen des Löwen"**

1180 Heinrich verliert das Herzogtum Sachsen

1200 –

1200 Gründung des Petershofes in Novgorod als Außenstelle der Hanse

1200 Ende des Buches **„Kaperfahrt gegen die Hanse"**

1210 Anfang des Buches **„Die Sklavin des Sarazenen"**

1212 Kinderkreuzzug mit Ziel Jerusalem

1212 Friedrich II wird König

1217 - 1221 Fünfter Kreuzzug - Kreuzzug von Damiette in Ägypten

1220 Ende des Buches **„Die Sklavin des Sarazenen"**

1250 Anfang der Blütezeit der Städtehanse

1300 –

1307, 13. Oktober, Zerschlagung des Templerordens und Verhaftung aller Templer

1315 Beginn einer Hungersnot, die als „Der große Hunger" in zwei Jahren mit sintflutartigen Regenfällen, sehr kalten Wintern und vielen Überschwemmungen Millionen Menschen in Europa dahinraffte

1321 Anfang des Buches **„Frauenwege und Hexenpfade"**

1337 der hundertjährige Krieg zwischen England und Frankreich beginnt

1337 Ende des Buches **„Frauenwege und Hexenpfade"**

1340 der englische König Eduard III. fällt mit seinem Heer in Frankreich ein

1346 in der Schlacht von Crécy schlagen 8.000 englische Langbogenschützen die verbündeten europäischen und französischen Ritter vernichtend

1347 die Beulenpest erreicht die europäischen Häfen am Mittelmeer und breitete sich schnell überall aus

1356 mit der goldenen Bulle wird erstmalig festgeschrieben, dass der deutsche König durch Mehrheitswahl von sieben Kurfürsten bestimmt wird

1400 –

1500 –

1517 Anfang des Buches „**Die Bruderschaft des Regenbogens**"

1517, 31. Oktober, Luther verkündet seine Thesen in Wittenberg

1518 Müntzer und Luther sind in Wittenberg

1520 Müntzer in Zwickau

1522 Neues Testament erscheint auf Deutsch

1523, zu Ostern, Katharina von Boras Flucht aus dem Kloster

1524 Bauern- und Handwerkeraufstände in Sachsen

1525, 15. Mai, Schlacht bei Bad Frankenhausen

1525, 27. Mai, Müntzer wird in Mühlhausen enthauptet

1525, 27. Juni, Heirat Luthers mit Katharina von Bora

1525, im Dezember, Kloster Buch wird geschlossen

1526 Niederschlagung der letzten Bauernaufstände

1527 Ende des Buches „**Die Bruderschaft des Regenbogens**"

1530 Reichstag zu Augsburg beschließt Duldung des Evangelischen Glaubens

1534 Gesamte Bibel auf Deutsch

1600 –

1618, 23. Mai, Fenstersturz zu Prag

1618 Anfang des dreißigjährigen Krieges

1620, 08. November, Schlacht am Weißen Berg bei Prag

1630 Anfang des Buches „**Im Schein der Hexenfeuer**"

1631 Kriegseintritt Sachsens

1631, 10. Mai, Verwüstung der Stadt Magdeburg durch kaiserliche Truppen

1631 Anfang des Buches „**Die Räubermühle**"

1632 die Pest wütet in Sachsen

1632, 16. November, Schlacht bei Lützen

1634, 25. Februar, Albrecht von Wallenstein wird in Eger ermordet

1634 Ende des Buches **„Die Räubermühle"**

1639 schwedische Truppen brennen Dresden teilweise nieder

1641 nochmalige Zerstörung Dresdens durch die Schweden

1648 Westfälischer Friede

1648, 24. Oktober, Ende des dreißigjährigen Krieges

1650 Ende des Buches **„Im Schein der Hexenfeuer"**

1694 Friedrich August I. wird unerwartet neuer Herzog und Kurfürst von Sachsen

1697, 15. September, Friedrich August I. wird in Krakau zum polnischen König gekrönt

1700 –

1710 Anfang des Buches **„Anna und der Kurfürst"**

1712 Thomas Newcomen konstruiert die erste verwendbare Dampfmaschine

1715 Ende der Kleinen Eiszeit, einer Periode relativ kühlen Klimas mit besonders kalten Zeitabschnitten seit 1675

1715 Ende des Buches **„Anna und der Kurfürst"**

1756 bis 1763 der Siebenjährige Krieg tobt in Mitteleuropa

1776 Gründung der Vereinigten Staaten von Amerika mit der Unabhängigkeitserklärung

1789, 14. Juli, Beginn der französischen Revolution in Paris

1793 Beginn des Interventionskriegs gegen Napoleon, an dem auch Sachsen teilnahm

1794 die Gesellen streiken in Dresden

1796 der Interventionskrieg endet mit einer Niederlage für die preußischen, österreichischen und sächsischen Verbündeten.

1800 –

1800 Anfang des Buches **„Der russische Dolch"**

1806 Preußen und Russland verbünden sich gegen Napoleon. Sachsen schließt sich an

1806 Krieg der Verbündeten gegen Napoleon

1806, 14. Oktober, Schlacht bei Jena und Auerstedt, die Verbündeten werden von Napoleon vernichtend geschlagen.

1806, 20. Dezember, das Kurfürstentum Sachsen tritt dem Rheinbund bei und wird durch Napoleon zum Königreich

1812 von Sachsen aus beginnt der Feldzug gegen Russland. Sachsen ist mit 21.000 Mann daran beteiligt

1812, 23. Juni, Napoleon überquert mit seinem Heer die Mehmel

1812, 17. August, Schlacht um Smolensk

1812, 7. September, Schlacht von Borodino

1812, 14. September, Napoleon rückt in Moskau ein

1812, 13. Oktober, Napoleon beschließt den Rückzug

1812, 3. November, Schlacht bei Wjasma.

1812, 26. bis 28. November, Schlacht an der Beresina

1812, 14. Dezember, Kaiser Napoleon macht, seinen Truppen auf dem Rückzug aus Russland vorauseilend, in Dresden Station.

1813, 2. Mai, Schlacht bei Großgörschen, Sieg Napoleons gegen Russen und Preußen

1813, 20. und 21. Mai, Schlacht bei Bautzen, weiterer Sieg Napoleons gegen Russen und Preußen

1813, 26. und 27. August, Schlacht bei Dresden, Napoleon errang seinen letzten Sieg auf deutschem Boden.

1813, 16. bis 19. Oktober, Die Völkerschlacht bei Leipzig brachte Napoleon eine verheerende Niederlage. Die sächsischen Truppen liefen zu den russischen und preußischen Truppen über

1813, 11. November, Die belagerte Festungsstadt Dresden kapituliert

1815, 18. Juni, Schlacht bei Waterloo

1815 Ende des Buches „**Der russische Dolch**"

1900 –

Von Uwe Goeritz ebenfalls beim Verlag BoD erschienen (BoD – Books on Demand, Norderstedt, nähere Informationen finden Sie unter www.BoD.de)

„Schicha und der Clan des Bären"
die ISBN lautet 978-3-7386-0262-3

„Diese Geschichte spielt in der Steinzeit, als unsere Vorfahren dazu übergingen sesshaft an einem Platz zu leben. Es war der Beginn der Siedlungen, von Viehhaltung und gezieltem Anbau von Pflanzen. Die Schwierigkeiten der ersten Siedler und die Gefahren in ihrer Umwelt werden deutlich gemacht."

108 Seiten für 7,90 Euro

„In den finsteren Wäldern Sachsens"
die ISBN lautet 978-3-7357-7982-3

„Diese Geschichte spielt von 764 bis 802 in den Völkern der Sachsen und Franken. Matthias, ein Franke, und Thorsten, ein Sachse, haben beide ihre Familien in den Sachsenkriegen verloren. Nach kämpfen gegeneinander werden sie Freunde und müssen sich den täglichen Anforderungen des Lebens stellen. Im Kontext des Krieges von Karl dem Großen gegen die Sachsen muss sich ihre Freundschaft bewähren wenn Frieden zwischen den Völkern herrschen soll."

108 Seiten für 7,90 Euro

„Der Gefolgsmann des Königs"
die ISBN lautet: 978-3-7357-2281-2

„Die Geschichte spielt um das Jahr 950 im Volke der Sachsen in der Nähe des heutigen Magdeburg. Berthold ist als Oberhaupt nach dem Tod seines Vaters für die Geschicke des Dorfes verantwortlich. Zusammen mit seiner Frau Johanna, seinen Brüdern, seiner Heilkundigen Schwester Edith und den anderen Bewohnern im Dorf bewältigt er die täglichen Herausforderungen des Lebens in einer Zeit in der das Christentum und die Einigkeit des deutschen Volkes noch ganz am Anfang stehen. Als König Otto zum Kampf gegen die Ungarn ruft, werden Berthold und die Seinen auf eine harte Probe gestellt."

116 Seiten für 7,90 Euro

„Im Zeichen des Löwen"
die ISBN lautet: 978-3-7347-5911-6

„Die Geschichte spielt von 1147 bis 1163 im Volke der Sachsen in einem kleinen Dorf. Wolfgang und Heinrich kennen sich seit Kindertagen doch nun ist einer der Herzog und der andere ein Bauer. Kann ihre Freundschaft diese Kluft überbrücken?

Wolfgang erwirbt sich in den vielen Kämpfen das Vertrauen seines Herzogs und darf das Banner mit dem Löwen im Kampf führen doch der Kampf gegen das Volk der Slawen stellt diese Freundschaft auf immer neue Bewährungsproben. Kann Wolfgang, als halber Slawe, den Kampf gegen das Brudervolk mit seinem Gewissen vereinbaren?

Zusammen mit Karl ist er als Oberhaupt für die Geschicke des Dorfes verantwortlich. Mit seiner Frau Gisela, seinen Bruder Siegfried und den anderen Bewohnern im Dorf bewältigt er die täglichen Herausforderungen des Lebens in einer Zeit als aus dem Dorf langsam eine kleine Stadt wird."

116 Seiten für 7,90 Euro

„Kaperfahrt gegen die Hanse"
die ISBN lautet: 978-3-7386-2392-5

„Norddeutschland, Ende des 12 Jahrhunderts. Diese Geschichte handelt von 1160 bis 1200 zu Beginn der Hanse in einem kleinen Dorf an den Ufern der Ostsee. Eine kleine Gruppe von Fischern beginnt einen Kampf gegen die Übermächtig erscheinende Verbindung zwischen Kaufleuten der Hanse und den lokalen Fürsten.

Immer schlimmer werden sie ausgepresst, damit ihr Fürst Handel treiben kann. Unter Ausnutzung des Aberglaubens der Seemänner gelingt es ihnen, einen Teil des erpressten Eigentums zurück zu holen und unter der Bevölkerung zu verteilen.

Wie lange können sie aber der übermächtigen Allianz und der Macht des neuen Städtebundes widerstehen?"

108 Seiten für 7,90 Euro

„Die Bruderschaft des Regenbogens"
die ISBN lautet: 978-3-7386-5136-2

„Sachsen zu Beginn des 16. Jahrhunderts. Als Kind ist Thomas in das Kloster eingetreten, doch im Laufe der Zeit kommt er immer mehr in den Konflikt mit der Kirche. Sein Zusammentreffen mit Müntzer und Luther führt bei ihm auch zu einer inneren Reformnation. Hin- und Hergerissen zwischen den Ansichten dieser beiden Prediger ergreift er Partei für die Bauern, aus deren Stand auch er einst kam. Nach der Niederschlagung der Bauernaufstände muss er sich entscheiden, wie sein Lebensweg weiter gehen soll."

112 Seiten für 7,90 Euro

„Im Schein der Hexenfeuer"
die ISBN lautet: 978-3-7347-7925-1

„Diese Geschichte handelt in den Jahren 1630 bis 1650 in einer kleinen Stadt in Sachsen. Johanna hat in den Wirren des dreißigjährigen Krieges schon zweimal ihre Familie verloren. Als Frau eines Kaufmannes gerät sie in einen Hexenprozess, den sie nur mit viel Glück und der Hilfe ihres Mannes überlebt. Nach diesem Prozess arbeitet sie weiter mit Kräutern und versucht den Menschen zu helfen, so gut sie es kann. Im alltäglichen Leben werden ihre Fähigkeiten immer wieder gefordert und sie muss jeden Tag beweisen, dass sie eine starke Frau ist."

112 Seiten für 7,90 Euro

„Die Räubermühle"
die ISBN lautet: 978-3-8482-0893-7

„Sachsen in den Jahren des dreißigjährigen Krieges. Von 1631 bis 1648 wütete auch in Sachsen der blutigste Krieg, den die Menschheit bis dahin gesehen hatte. Bis zu 80 Prozent der Bevölkerung kamen durch Not, Krankheiten, Hunger, Gewalt und Krieg ums Leben. Ganze Landstriche wurden entvölkert und niedergebrannt. Diese Erinnerungen haben sich tief in das kollektive Unterbewusstsein eingebrannt.

Dies ist die Geschichte von einer kleinen Gruppe Männer, die auf der Flucht aus dem Heer nicht, wie alle anderen, marodierend und raubend umherziehen wollten, sondern die erkannt haben, wem sie helfen wollen und von wem sie es nehmen sollen. Traumatisiert durch die Ereignisse des Sterbens und Tötens wollen sie der Gewalt ein Ende setzen. Doch wie? In einer Zeit der Gewalt kann selbst der friedfertigste nicht ganz auf Gewalt verzichten.

Durch die Nutzung des Aberglaubens der Bevölkerung gelingt es ihnen, unerkannt in einer Mühle Unterschlupf zu finden. In diesem neuen Buch wird der Leser in die Zeit der Umbruches entführt, eine Zeit, in der die Ritter nicht mehr den Ton angeben und ein erstarkendes Volk langsam beginnt, sich auf sich selbst zu besinnen und sein Glück selbst in die Hand nimmt."

112 Seiten für 7,90 Euro

„Der russische Dolch"
die ISBN lautet: 978-3-7412-3828-4

„Sachsen in den Jahren des napoleonischen Krieges in Europa. Diese Geschichte handelt von der Freundschaft zweier Männer in den Jahren 1800 bis 1815. Peter, ein Sachse, und Pjotr, ein Russe, treffen sich in der Kindheit und begegnen sich im großen Krieg Napoleons gegen Russland 1812 wieder.

In diesem Krieg, den Napoleon gegen ein ganzes Volk führte, stehen sie auf unterschiedlichen Seiten der Kämpfe. Ein Sommer und ein Winter, mit einem Krieg, der sich tief in die Erinnerung der europäischen Völker eingebrannt hat. Durch Not, Krankheiten, Hunger, Gewalt und Krieg wurden ganze Landstriche in Russland entvölkert sowie niedergebrannt. Millionen Menschen auf beiden Seiten starben.

Dies ist die Geschichte von einer ungewöhnlichen Freundschaft, die durch den Krieg auf eine harte Probe gestellt wird. Traumatisiert durch die Ereignisse des Sterbens und Tötens versuchen sie beide dennoch Menschen zu bleiben, in einer Zeit, in der ein Menschenleben nicht viel wert war."

116 Seiten für 7,90 Euro

„Das Schwert des Gladiators"
die ISBN lautet: 978-3-7412-9042-8

„Diese Geschichte spielt im Grenzgebiet zwischen römischen Reich und Germanien, sowie auch in Rom, in der Mitte des ersten Jahrhunderts unserer Zeitrechnung. Viele germanische Männer waren in dieser Zeit willkommene Verbündete und Kämpfer in den römischen Legionen.

Oft schon als Kinder von ihren Vätern zur Ausbildung nach Rom geschickt oder von den Römern als Geiseln genommen, lernten sie das Leben in der Zivilisation kennen und schätzen. Auch als Gladiatoren waren sie berühmt wegen ihres Körperbaues und ihrer Kraft.

Trotz der Annehmlichkeiten des Lebens in Rom entschlossen sich viele, wieder in die Heimat zurück zu kehren. Denn auf der einen Seite hatten sie das freie Land der Stämme, in dem ein jeder gleich war, und auf der anderen Seite das römische Reich, das seine Stärke auch auf den Schultern von unfreien Sklaven aufbaute.

Der Leser wird in die Welt des römischen Kaiserreiches mit seinen Kämpfern, Bürgern, Händlern und Sklaven entführt."

116 Seiten für 7,90 Euro

„Frauenwege und Hexenpfade"
die ISBN lautet: 978-3-7448-3364-6

„Anfang des 14. Jahrhunderts brach über Europa eine kleine und viele hundert Jahre anhaltende Eiszeit herein. Nach den warmen Jahrhunderten zuvor kam nun eine Zeit des Hungers und der Unwetter. Unruhen und Krankheiten dezimierten die Bevölkerung Mitteleuropas in einem nie zuvor gekannten Maß.

Diese Geschichte handelt in der Zeit von 1321 bis 1337 und erzählt vom harten Wege dreier unterschiedlicher Frauen. Karola, die Nonne, Maria, die Bäuerin und Bärlinde, die freie Frau aus dem Wald, treffen in dieser Zeit zusammen. Sie vereinigen ihre Kräfte und Fähigkeiten. Sie helfen sich gegenseitig und versuchen anderen Frauen beizustehen. Immer in der Gefahr, als Hexen verbrannt zu werden."

116 Seiten für 7,90 Euro

„Die Sklavin des Sarazenen"
die ISBN lautet: 978-3-7448-5151-0

„Es ist Anfang des 13. Jahrhunderts. Johanna, die Heldin dieser Geschichte, bricht mit tausenden Anderen auf, zu einem Kreuzzug, um das Himmelreich zu gewinnen und das Grab Jesu von den Sarazenen zu befreien. Doch statt den Himmel zu erobern gewinnt die Dreizehnjährige die Hölle der Sklaverei in Ägypten. Bedingungslos den Sarazenen ausgeliefert, schwebt sie jeden Tag zwischen Leben und Tod.

Wird sie jemals die Heimat wieder sehen und kann eine verbotene Liebe Johanna retten? Oder wird diese ihr Leben fordern... „

308 Seiten für 9,90 Euro

„Die Tochter aus dem Wald"
ISBN lautet: 978-3-7448-9330-5

„Diese Geschichte spielt im Grenzgebiet zwischen römischen Reich und Germanien, sowie in den Städten, die dort gegründet wurden, in der Mitte des ersten Jahrhunderts unserer Zeitrechnung. Viele germanische Männer und Frauen waren von den Annehmlichkeiten der Zivilisation angetan und wollten dort nicht mehr weg, wenn sie diese erst einmal erkannt hatten. Oft schon als Kinder von den Römern als Geiseln genommen, lernten sie das Leben in der Zivilisation kennen und schätzen.

Trotz der Annehmlichkeiten des Lebens in Rom gab es dort auch die Kehrseite der Zivilisation zu erleben. Frauen und Sklaven hatten keinerlei Rechte. Im Gegensatz zu den germanischen Stämmen, wo es keine Sklaven gab und die Frauen den Männern rechtlich fast gleichgestellt waren. So lebten sie immer mit dem Blick auf die andere Seite des Limes oder der Flüsse, auf dem das wilde und unzivilisierte, jedoch freie Land ihrer Ahnen lag."

116 Seiten für 7,90 Euro

„Anna und der Kurfürst"
ISBN lautet: 978-3-7448-8200-2

„Es ist das Jahr 1710. Nach einer abenteuerlichen und gefährlichen Reise erreicht die siebzehnjährige Gräfin Anna Maria von Hohen-feld die sächsische Hauptstadt Dresden, wo sie die Hochzeit der Schwester vorbereiten soll, doch sie verliebt sich ausgerechnet in den Bräutigam. Kann diese Liebe wahr werden? Und was hat der Kurfürst Friedrich August I. von Sachsen damit zu tun?

Ein Abenteuer folgt dem Nächsten in der großen Stadt, für die junge Gräfin vom Lande."

312 Seiten für 9,90 Euro

Aktuelle Informationen und Neuerscheinungen finden sie immer im Internet unter:

www.Goeritz-Netz.de